© 2019 Medea Calovini (Medea Martina Padberg-Hüsing)

Herstellung und Verlag Books on Demand, Norderstedt

ISBN 9783748174981

Bibliographische Information der Deutschen Nationalbibliothek: Die Deutsche Nationalbibliothek verzeichnet diese Publikationin der Deutschen Nationalbibliographie; detaillierte bibliographische Daten sind im Internet über http://dnb.d-nb.de abrufbar.

Übersicht

Erzähl keine Märchen!

*Magische Kurzgeschichten
märchenhaft angelehnt.*

von

Medea Calovini

Die goldene Kugel

„Prinzessin, Prinzessin!"

Die blonde Frau sah sich suchend um. In der rechten Hand hielt sie ein Smartphone, in das sie schnell sprach.

„Das glaubst du nicht, Sabine", sagte sie entrüstet und schnaubte, so dass sich eine Strähne ihrer lockigen Haare nach oben bewegte. „Da ist man hier mitten in der Pampas und es hat gefühlte Stunden gedauert, einen Platz zu finden, wo ich Netz habe – und jetzt quatscht mir hier einer dazwischen! Hast du das auch gehört?"

Die angesprochene Sabine schien ihr zu antworten.

„Prinzessin, hörst du mich nicht?"

Wieder sah sich die blonde Frau um. Niemand war zu sehen.

Es war ein schöner Frühlingstag, endlich war der Schnee getaut und gab die ersten Blümchen frei, die Sonne tat gut auf der Haut und die Vögel zwitscherten.

Die Frau schien nicht hierher zu passen.

Sie trug eine todschicke schwarze Wildlederhose, eine cremefarbene Bluse und darüber einen großkarierten Poncho nach der neuesten Mode. Ihr schulterlanges lockiges Haar wies eine hellblaue Strähne im sonstigen blonden Durcheinander auf, zweifelsohne eine Kunstfertigkeit des Frisörs.

Sie schaute zurück zu dem kleinen Haus, das sie eben verlassen hatte und das am Ende des relativ matschigen Weges lag. Ihre hochhackigen Stiefel waren schon mit Schlamm bedeckt, aber sie hatte sich nicht beschwert.

Vor ihr lag ein kleiner Tümpel, ein Weiher, gefüllt mit Seerosen und grünen Algen.

Auf der anderen Seite ging der Weg weiter in einen Wald hinein.

Hier war niemand außer ihr.

Und sie wollte eigentlich auch nicht hier sein, aber das war der einzige Platz, wo sie ihr Smartphone nutzen konnte.

„Prinzessin!"

Dieses Mal hatte die Stimme ungehalten geklungen.

Die Frau schnalzte ungeduldig mit der Zunge und sagte in ihr Mobilgerät: „Sabine, ich rufe dich wieder an, ich muss nur gerade mal hier jemanden zusammenstauchen – wenn ich ihn finde!"

Damit beendete sie das Gespräch und steckte das Teil in ihre Tasche.

„So, und jetzt kommen Sie raus und hören Sie auf, Unsinn zu erzählen!", forderte sie mit lauter Stimme.

Ungeduldig trat sie mit dem Fuß auf, so dass es quietschte.

Ein Lachen war zu hören. „Hier bin ich! Hier unten!"

Was hieß denn eigentlich unten? Hier unten gab es nichts außer Matsche, Grün und das Ufer dieses abscheulichen Weihers.

Nein, da war noch etwas. Ein Frosch hockte dort, ein fetter, grüner Frosch... Und wenn sie ehrlich war, sah es fast so aus, als ob er sie mit schief gelegtem Kopf abwartend ansah.

Das konnte doch nicht sein! Sie griff sich an die Stirn!

„Ja, ich spreche mit dir, Prinzessin!", sagte der Frosch und ließ nicht den Blick von ihr.

Sie taumelte, wäre beinahe ausgeglitten.

„Achtung!", rief der Frosch und hüpfte auf sie zu.

„Das gibt es doch gar nicht", sagte sie mehr zu sich selbst als zu dem grünen Tier. „Ich muss Halluzinationen haben..."

Der Frosch kam gemächlich noch näher. Wieder legte er den Kopf schief und sah sie aus seinen großen schwarzen Augen an. „Ich weiß nicht, was das ist, aber wir haben einen Handel! Ich hole deine goldene Kugel aus dem Teich und du nimmst mich mit zu dir nach Hause!"

„Wie bitte?", stieß sie erschrocken hervor und wedelte mit der Hand. „Ich habe überhaupt keinen Handel mit dir, ich nehme dich bestimmt nicht mit nach Hause und ich bin auch nicht deine Prinzessin!"

„Pffft!", schnaubte der Frosch und ließ seine lange Zunge über die Augen lecken. „Ich warte hier schon so lange auf dich, du hast gesagt, du willst nur das Zimmer vorbereiten, dann kämst du wieder! Das kannst du nicht vergessen haben! Wir haben einen Handel! Du wolltest deine goldene Kugel, ich wollte mit in dein Zuhause. Ich habe meinen Teil der Vereinbarung gehalten, jetzt bist du dran!"

Die Frau atmete tief durch und versuchte, sich zu beruhigen. Es gelang ihr offensichtlich, denn sie ging in die Hocke, um den Frosch genauer in Augenschein zu nehmen. „Nochmal: ich bin keine Prinzessin! Und wie meinst du das, deinen Teil hast du erfüllt? Ich habe bislang keine goldene Kugel gesehen!"

Eigentümlicherweise schaffte es der Frosch, beleidigt auszusehen. Er drehte sich einmal um die eigene Achse und hüpfte zum Teich zurück, um darin zu verschwinden.

Das war es, dachte sie. Und ich habe noch nicht mal ein Foto fürs soziale Netzwerk gemacht...

Doch das war es nicht.

Ein paar Minuten später tauchte der Frosch wieder auf.

Er mühte sich unglaublich ab, stieß sich immer wieder vom Rand ab und bewegte mit den Hinterbeinen ein schlammig-grünes Etwas – einer Kugel nicht unähnlich.

Schnell ging die Frau wieder in die Hocke, holte ihr Mobilphone hervor und schoss schnell drei bis vier Fotos. Ach was, das glaubte ja doch niemand!

„So", keuchte der Frosch. „Hier ist deine goldene Kugel! Jetzt bist du dran! Behandele mich wie deinen Gefährten. Ich heiße Mark!"

„Lisa", sagte die Frau automatisch und schüttelte den Kopf. „Das soll eine goldene Kugel sein? Das Ding ist ja total ekelig und voll mit Algen! Das ist niemals aus Gold!"

„Pfft", machte Mark, der Frosch, wieder. „Das ist deine Schuld! Du hast mich so lange warten lassen, dass die Zeit ihren Tribut forderte. Aber das ist nicht mein Problem! Ich

8

habe meinen Teil erfüllt!"

„Halt den Ball flach, Frosch!", forderte sie. Wieder suchte sie in ihrer Tasche etwas, fand dann ein Papiertaschentuch und tupfte auf der Kugel herum.

Als sie weiter rieb, glitzerte es plötzlich hell im Sonnenlicht! Golden!

Tief holte Lisa Luft. Dieser Frosch schien doch Recht gehabt zu haben. Das Ding musste aus Gold sein!

Mit spitzen Fingern versuchte sie, die Kugel aufzuheben, die ziemlich schwer war. Deshalb hatte sich der Frosch auch so abmühen müssen.

Gehüllt in das Tuch hielt sie die Kugel in der Hand und erhob sich behände.

„Danke", sagte sie und lächelte diabolisch.

Dann wies sie mit dem Finger auf das kleine Haus am Ende des Weges.

„Dort wohne ich zur Zeit, du findest bestimmt den Weg allein!" Und ohne auf den Protest des Frosches zu achten, lief sie schnell den matschigen Pfad entlang.

Unvorsichtigerweise übersah sie dabei eine Wurzel, die quer über dem Weg verlief.

Es machte ein dumpfes Geräusch, als Lisa mit voller Wucht auf den Boden prallte.

Sie hörte nur noch kurz die quakige Stimme des Frosches, der protestierte, dass sie den Handel nicht einhalten würde, dann nichts mehr.

„Können Sie mich hören?"

Ganz leise kam die Stimme in den Windungen ihres Gehirns an. War das der Frosch?

„Frau Kaiser, machen Sie doch mal die Augen auf!"

Lisa konnte die Stimme jetzt viel besser hören und begann langsam damit, die Augen zu öffnen, auch wenn ihr das sehr schwierig erschien.

Die Helligkeit blendete sie und stöhnend wollte sie ihre Augen mit der Hand beschatten.

Allerdings wurde die Hand sogleich festgehalten.

„Frau Kaiser, nicht, Sie haben da eine dicke Beule! Schauen Sie mich mal an!"

Beule? Wieso Beule?

Lisa traute sich und sah sich um.

Sie lag in einem Krankenbett und ein Mann, ganz in Weiß gekleidet, stand neben ihr.

„Was ist passiert?", fragte sie mit heiserer Stimme.

Der Mann legte ihre Hand auf die Decke und tätschelte sie leicht.

„Sie hatten eine Autopanne und haben sich im Gasthaus „Zum Weiher" im angrenzenden Ort eingemietet, um auf die Reparatur zu warten. Bei einem Spaziergang müssen Sie einen Unfall gehabt haben. Sie sind über eine Wurzel gestolpert und lagen auf dem Weg, besinnungslos und mit einer Kopfwunde. Können Sie sich daran erinnern?"

So langsam konnte Lisa das.

Und noch mehr. Der Frosch und die goldene Kugel!

Mit einem Ruck wollte sie sich aufsetzen, was einen heftigen Schmerz in ihrem Kopf auslöste. Sie stöhnte und fiel wieder zurück in die Kissen.

„Vorsicht", warnte sie der Mann in Weiß, der Pfleger, wie sie erkannte.

„Was", hob sie an, „was ist mit meinen Sachen passiert?"

Der Mann deutete auf einen Nachttisch neben ihrem Bett und öffnete die Schublade. „Die habe ich alle hier hineingelegt. Und ihre Kleidung habe ich in den Schrank dort hinten geräumt. Allerdings ist sie ziemlich schmutzig..."

Lisa warf einen Blick in die Schublade.

Dort waren ihr Smartphone, ein Lippenstift, ihre Geldbörse und Taschentücher.

„Ach ja..." Der Pfleger, der übrigens sehr nett aussah, lächelte sie an. „Ihr wertvolles Schmuckstück habe ich in den Krankenhaustresor bringen lassen. Sie sollten nicht unbedingt einen Klumpen Gold im Nachttisch haben." Er lachte über ihr fassungsloses Gesicht. „Ich bin übrigens Mark!"

Das Erbstück

Es klingelte wie verrückt an seiner Wohnungstür.

Eigentlich hatte er beschlossen, nicht aufzumachen, denn er war seit einer Stunde erst im Bett.

Doch das Klingeln hörte nicht auf.

Müde latschte er zur Tür, öffnete sie mit einem Ruck und hustete zornig: „Was denn?"

Vor ihm stand eine kleine, wohl gepflegte Frau von etwa dreißig Jahren. Sie hatte dunkle Haare, hochgesteckt zu einem Knoten, trug ein blaues Kostüm mit hochhackigen, dazu passenden Schuhen und sah ihn fassungslos an, den Finger immer noch auf dem Klingelknopf.

„Hören Sie auf damit!", knurrte er ungehalten, und als sie es erschrocken tat, seufzte er auf, da das schreckliche Geläut endlich nachließ.

„Sind Sie Herr Tim Freiburg?", wollte die Frau wissen und sah ihn missbilligend an.

Möglicherweise lag das daran, dass er nur seine Unterhose trug.

„So steht es auf dem Namensschild", meinte Tim ungehalten und fuhr sich durch sein halblanges blondes Haar. „Was wollen Sie? Ich kaufe nichts an der Tür!"

Huch, jetzt schien sie verärgert, fiel ihm auf. Ihre Augen wurden ein wenig schmal, aber sie riss sich noch zusammen.

„Wie sieht es denn aus mit einem Verkauf Ihrerseits?", wollte sie wissen.

Tim riss der Geduldsfaden. Nach solchen Spielen stand ihm nicht der Kopf. „Gute Frau, ich bin echt müde, lassen Sie mich mit dem Quatsch in Ruhe und nerven Sie jemand anderen!"

Gerade wollte er die Tür wieder schließen, als die Frau ihre Hand dagegen stemmte und protestierte. „Nein, ich habe das ernst gemeint. Es gibt da etwas, das ich von Ihnen kaufen möchte!"

„Ich wüsste nicht, was das sein könnte", entgegnete Tim mürrisch. „Und ich habe keine Lust und bin müde. Gehen Sie weg!"

„Das kann ich nicht!", sagte die Frau beinahe weinerlich. „Ich komme extra aus London!"

Und obwohl das weit entfernt in England lag, hatte er kein Mitleid. Es war ihm doch egal, woher diese Frau kam. Und überhaupt: warum war sie immer noch hier?

„Können Sie mich nicht hineinbitten und wir reden über die Sache wie zwei erwachsene Menschen?", wollte sie wissen und spähte durch den Türschlitz, der noch offen geblieben war.

Er gab auf. Niemals würde er zum Schlafen kommen, wenn sie hier weiter randalierte. Und sie sah nicht so aus, als gäbe sie schnell auf.

Seufzend öffnete er die Tür und wies mit dem Finger auf das Wohnzimmer. „Dann in drei Teufels Namen! Setzen Sie sich da irgendwo hin, ich gehe mir etwas anziehen."

Eine halbe Stunde später starrte Tim die Frau, die sich mittlerweile als Mel Ludwig vorgestellt hatte, abschätzend an.

Sie saßen sich in seinem Wohnzimmer gegenüber, sie auf einem Sessel, er auf dem Ledersofa, und er hatte sie mit einem Glas Wasser versorgt.

„Ich fasse nochmal zusammen", ließ er sich mit gerunzelter Stirn vernehmen. „Sie sind also extra aus London gekommen, weil Sie eine bronzene Statue von mir haben wollen, die mir mein entfernter Onkel vermacht hat, den ich nicht mal kannte. Sie wollen diese Statue unbedingt haben, weil sie ein Teil eines Zweiersets ist, und Sie suchen schon seit etlichen Jahren danach. Und wie haben Sie mich jetzt gefunden?"

Mel schlug die Beine übereinander und atmete ein. „Ich habe Ihren Namen vom Nachlassverwalter Ihres verstorbenen Onkels." Ihre Augen sahen ihn bittend an. „So ganz legal war das nicht, machen Sie ihm bitte keine Schwierigkeiten deshalb..."

„Mal sehen", sagte er unwirsch. Mittlerweile konnte er klar denken und hatte beschlossen, seinen Profit aus der Sache zu ziehen. Geld wuchs ja bekanntlich nicht auf Bäumen.

Diese bronzene Statue, die seiner Meinung nach Arielle, die Meerjungfrau, darstellte, hatte er in der hintersten Ecke im Kleiderschrank stehen. Er stand nicht auf solchen Tinnef.

„Ich bitte Sie!", hob die Frau an, verstummte dann aber ob seines bösen Blickes.

„Warum sollte ich ausgerechnet Ihnen die Statue verkaufen?", wollte er wissen. „Ich könnte sie ja auch in einem Onlinemarkthaus anbieten. Vielleicht habe ich das auch schon längst gemacht."

Wieder sah sie ihn mit ihren blauen Augen an. Sie sah gar nicht so übel aus.

„Das haben Sie nicht. Das wäre mir aufgefallen", sagte sie leise. „Ich durchforste das Internet schon seit Jahren danach."

Punkt für sie, dachte Tim. Offenbar war sie wirklich und unaufhaltsam hinter dieser Statue her.

„Und?", fragte er lüstern, „was hauen Sie raus für das Ding?"

Sie nannte, ohne zu zögern, einen Preis, bei dem ihm schwindelig wurde. Das zeigte er aber nicht, Tim hatte sein Pokerface aufgesetzt.

„Verstehe", sagte er gedehnt. „Und warum?"

Verwirrt sah Mel ihn an. „Was meinen Sie mit warum?"

„Sie wollen mir einen Haufen Schotter geben für die bronzene Abbildung von Arielle, der kleinen Meerjungfrau", lachte er. „Das ist schon seltsam, da sie diese in jedem Ein-Euro-Laden günstiger bekommen können. Was ist also mit meiner, das sie so besonders macht?"

Arielle? Mel verdrehte innerlich die Augen. Oh Gott, dieser Tölpel hatte doch gar keine Ahnung!

„Wie gesagt", versuchte sie dann ruhig zu erklären, „es handelt sich um ein Teil eines Sets. Ich habe den anderen Teil und kann es nicht aufstellen. Das verstehen Sie doch?"

14

Tim legte den Kopf schief. „Halten Sie mich nicht für bekloppt, nur weil ich nicht Ihr Kunstverständnis habe", grollte er. „Wenn Sie schon so lange das Set zusammenstellen wollten, wieso haben Sie meinen Onkel nicht danach gefragt. Schließlich ist der erst seit zwei Monaten tot."

„Das habe ich", gab sie verschnupft zu. „Er wollte nicht verkaufen. Ich habe es immer wieder versucht, aber er blieb stur. Bei Ihnen ist das bestimmt anders." Hoffentlich, fügte sie in Gedanken hinzu.

In Sekundenschnelle sah Tim seine Chance. Er erhob sich. „Tut mir leid, ich verkaufe nicht. Wenn Sie jetzt bitte gehen würden...?"

Mel blieb der Mund offen stehen. Entgeistert starrte sie diesen unmöglichen Mann an. Eigentlich sah er ganz nett aus, würde er nicht ständig die Stirn in Falten legen und böse grollen. Ob er ein Nachfahre von Raymond de Poitu war? Der alte Mann, der Vorbesitzer, war zumindest sein Onkel gewesen. Sie musste ihn unbedingt umstimmen! Nur wie?

Sie erhob sich auch und sah ihn bittend an. „Wenn es am Preis liegt..."

Er zuckte die Schultern. „Möglicherweise..."

„Sie werden nirgendwo anders einen höheren Preis erzielen." Mel blieb einfach stehen. Sie war hier noch nicht fertig. Ohne die Statue würde sie nicht gehen.

Tim kam ihr sehr nahe. „Gute Frau, ich kann Sie über die Schulter werfen und Sie vor die Tür tragen! Das macht mir keine Probleme! Stattdessen biete ich Ihnen an, einfach zu gehen! Also was wollen Sie?"

„Was wollen *Sie*?", entgegnete Mel patzig. „Ich biete Ihnen alles, was mir möglich ist. Für eine Statue, die Ihnen gar nichts bringt, wenn Sie das Pendant nicht dazu haben. Und offenbar haben Sie gar nicht gewusst, dass Sie die Statue haben. Was hindert Sie daran, mein Geld zu nehmen, mir die Statue zu geben und froh und in Frieden zu leben?"

Beide standen jetzt voreinander, Auge in Auge und keiner war bereit nachzugeben.

Wütend griff Tim die Frau am Arm und wollte sie aus der Wohnung komplimentieren, als etwas Ungewöhnliches geschah.

Die beiden sahen sich an und es war, als wäre ein Zaubergespinst über sie geworfen worden. Ihre Wut war verraucht, sie sahen nur noch sich. Und beide verfielen dem Zauber rigoros.

Tim küsste Mel, erst vorsichtig, dann heftig und im nächsten Moment fanden sie sich in einer handfesten Umarmung wieder, erotisch, magisch, einfach unglaublich.

„Warte", flüsterte Mel in einem seltenen Moment der Klarheit. Ihre ach so kunstvoll aufgesteckten Haare waren durcheinander gebracht, weil Tim sie mit großer Lust an sich gezogen hatte und mit den Händen darin herumgewühlt hatte, zweifelsohne in der Absicht, sie noch näher heranzuziehen.

Mit einem Keuchen brachte sie Platz zwischen sich.

Aufgewühlt sah Tim sie an, verstand nicht, warum sie so plötzlich auf Abstand ging.

„Du bist ein Nachfolge von Raymond de Poitu!", sagte sie und es klang verzweifelt.

„Kenne ich nicht", zischte Tim. „Ist auch nicht wichtig jetzt!" Damit wollte er sie wieder an sich ziehen.

„Du verstehst nicht!" Mel ging noch einen Schritt zurück. „Melusina war meine Ahnin!"

Er musste sich stark beherrschen, um ihren Worten folgen zu können. Es gelang ihm nur marginal.

„Einst waren unsere Vorfahren ein Liebespaar, dem übel mitgespielt wurde. Sie wurden getrennt", erklärte sie verzweifelt. „Und nur, wenn die beiden bronzenen Statuen zusammmen gefügt werden, wird der Fluch gebrochen."

Tim schnaubte unwillig. „Ich glaube nicht an Flüche!"

„Du glaubst nicht an Flüche?", wiederholte sie mit Unglauben in der Stimme. „Lass mich raten: du hast immer nur Pech, verlierst jeden Job, hast keine Freunde. Willst du mir wirklich sagen, du glaubst nicht an Flüche?"

Er überlegte. Mit allem, was sie gesagt hatte, lag sie richtig.

Und insgeheim hatte er sich in seinen fünfundreißig Lebensjahren schon häufiger gefragt, was er bloß verbrochen hatte, dass ihm so viel Mist widerfuhr. Ein Fluch? Ach, das konnte doch gar nicht sein!

„Willst du damit sagen", ließ er sich langsam vernehmen, „dass du ebenso verflucht bist? Du siehst nicht danach aus! Sie wurde knallrot. Dann fasste sie sich. „Das weißt du doch gar nicht. Bei mir äußert sich der Fluch eben anders." Sie winkte energisch ab. „Das ist jetzt auch völlig unwichtig. Bitte lass uns die Statuen zusammenfügen, dann sehen wir doch, ob es funktioniert!"

Das ging Tim nun doch ein wenig zu schnell. Vom hart arbeitenden Pizzaauslieferer über Verfluchten zum Nachfahre irgendeines Raymonds und dann noch dieser Unsinn mit dem bronzenen Erbstück. Er ließ sich müde in den Sessel fallen. Was ihn außerdem beschäftigte, war die Tatsache, dass er sich plötzlich zu dieser Frau hingezogen fühlte.

Und das Geld? Er hatte noch nie so viel Geld besessen.

Mittlerweile war das nebensächlich. Er wollte die Frau! Und sie sah auch so aus, als wolle sie ihn.

Nur, dass sie auf diesen Kram mit den Statuen bestand.

„Gut", sagte er. „Ich hole die Statue." Damit erhob er sich und eilte ins Schlafzimmer.

Währenddessen holte Mel ihre bronzene Statue aus der Handtasche. Sie war fast am Ziel! Gleich, gleich würde sich der Fluch in Luft auflösen!

Tim kam zurück und stellte seine Statue auf den Tisch.

Sie zeigte eine Meerjungfrau mit langem Haar und Fischschwanz, die Arme weit geöffnet, als erwarte sie, gleich jemanden an ihr Herz zu drücken.

Mel stellte ihre daneben. Es war ein Mann in Ritterrüstung, der auch seine Arme ausgestreckt hatte.

Gemeinsam schoben sie die beiden zusammen, jeder seine eigene.

Und sie passten!

Als die beiden bronzenen Liebenden sich in den Armen lagen,

durchströmte Tim genau so wie Mel ein warmes Gefühl.

Dann hörten sie ein Knacken!

Verwirrt sahen sie sich an.

Dann nahm Tim die beiden Figuren, die nun zu einer geworden war, hoch.

Ein verborgenes Fach hatte sich geöffnet und heraus fiel ein schmaler Ring mit einer weißen Perle darauf.

Mel schlug sich mit der Hand auf den Mund. „Oh mein Gott..."

Schnell steckte sie ihn an den linken Ringfinger. Ein Ruck ging durch ihren Körper und Tim hätte schwören können, ihre Augen blitzen hell auf.

Weg war es auch schon!

Sie erhob sich und trippelte unruhig von einem Fuß auf den anderen. „Entschuldige, aber darf ich mal kurz bei dir duschen?"

Erklären konnte sich das Tim jetzt nicht, aber er zeigte wortlos auf das Badezimmer.

Wenn sie duschte, könnte das ja auch bedeuten, dass sie länger blieb. Und dann...

Während das Wasser anfing zu rauschen, fiel Tim etwas ein.

Schnell fuhr er sein Laptop hoch und begann zu googeln.

Danach wusste er alles über die Legende von Melusina und Raymond de Poitu. Die beiden waren ein Liebespaar gewesen, er hatte ihr versprochen, niemals ihr Geheimnis aufzudecken. Durch einen bösen Trick einer Dienstmagd überraschte er aber seine Frau beim Baden und sie wurden getrennt. Das war der Beginn des Fluches!

Tim grinste.

Nein, das konnte nicht sein.

Mel kam aus dem Bad, bekleidet mit einem überdimensionalen Handtuch.

Als sie bei ihm war, zog er sie in seine Arme und küsste sie zärtlich.

Wo das endete, hätte jeder sagen können. Es war unausweichlich.

Später, viel später, lagen die beiden nebeneinander, Mel an Tim gekuschelt, Tim an Mel, fast in der gleichen Position, die die beiden bronzenen Statuen einnahmen.

„Sag mir", flüsterte er in ihr Ohr, „dein Fluch: hast du dich wirklich in eine Meerjungfrau verwandelt, wenn du gebadet hast?"

Mel lächelte und drehte den Ring an ihrem Finger hin und her.

„Tja", sagte sie leise. „Werden wir das je erfahren...?"

Guter Schlaf ist wichtig!

Die Frau war verrückt!

Das war ja nicht mehr zum Aushalten!

Er war jetzt das fünfte Mal in zweieinhalb Monaten hier zu dieser Adresse gefahren, um schon wieder mal die Matratze zu wechseln.

Nun gut, es war seine Aufgabe und er wurde dafür bezahlt, dass er den ganzen Tag herumfuhr und für das renommierte Matratzenhaus Ware auslieferte, manchmal auch wieder abholte, aber das hier setzte dem Fass die Krone auf.

„Hallo, Frau Herzog!", grüßte er sie ohne Lächeln, als sie die Tür auf sein Klingeln hin öffnete. Das Lachen war ihm vergangen.

„Ach, Sie wieder", stotterte sie und strich sich verlegen die Haare aus dem Gesicht.

Sie war eigentlich ganz nett anzusehen, fand Robert, schlanke Figur mit Rundungen an den richtigen Stellen und ein herzförmiges Gesicht, eingerahmt von blonden Locken, die sie meist zu einem Zopf zusammenband. Aber irgendwas musste doch mit der nicht stimmen, dass sie ständig den Service nutzte, die Matratze zurückzugeben und eine neue zu ordern.

„Sie wissen ja, wo es lang geht", hauchte sie leise und sah ihn aus ihren großen himmelblauen Augen an wie ein waidwundes Reh.

Robert trat ein, stoppte dann und drehte sich herum.

„Sie müssen mir mal was erklären", forderte er dann mit seiner tiefen Stimme und sah Frau Herzog so fest an, dass diese erschrocken einen Schritt zurückwich. „Was ist eigentlich los mit Ihnen? Das ist jetzt schon die fünfte Matratze, die Ihnen nicht gefällt! Die können doch nicht alle schlecht sein!"

Sarah Herzog ließ den Kopf hängen und rang nach Worten. „Guter Schlaf ist wichtig", ließ sie sich dann leise vernehmen. „Und leider habe ich auf dieser Matratze wieder kein Auge zugemacht."

Er verdrehte innerlich die Augen und ging in ihr Schlafzimmer, das er schon kannte.

Frau Herzog hatte ein Bett von 140 cm Breite und dementsprechend eine ebenso große Matratze. Es war jedes Mal eine Tortur, diese durch die ganze Wohnung zu schleppen, zumal die Dame auch im zweiten Stock wohnte.

Robert nahm sie wieder ins Auge. „Haben Sie mal überlegt, dass er gar nicht an der Matratze liegt? Vielleicht ist es der Rahmen." Aber ein Blick auf den Lattenrost ließ ihn zweifeln. Es war das beste seiner Kategorie. Womöglich hatte sie die auch schon alle durch. „Was haben Sie eigentlich für Probleme? Rückenschmerzen?"

Sarahs Gesicht wurde rot. Es schien ihr peinlich zu sein. Dann aber fasste sie sich ein Herz. „Ich kann keine Nacht richtig schlafen. Es ist fast so, als seien Fremdkörper in dieser Matratze eingearbeitet worden. Das ist richtig schlimm! Mein ganzer Rücken ist blau!"

Bla bla bla... Für Robert hörte es sich nach argem Jammern an. Der Rücken? Blau? Ach, niemals...

Er wuchtete das Teil aus dem Bett und strebte der Wohnungstür zu. „Das ist schon das Modell „rückenunterstützend". Viel mehr darüber gibt es nichts!"

Er wartete die Antwort gar nicht ab und schleppte die Matratze in den firmeneigenen Wagen, entnahm ihr eine neue, eingeschweißte und arbeitete sich wieder hoch zu Frau Herzog.

Mit finsterer Miene wuchtete er die neue Auflage ins Bett, nicht ohne die Verschweißung zu entfernen.

„So", sagte er schließlich. „Das ist jetzt das Allerfeinste vom Allerfeinsten. Wenn das nicht hinhaut, dann weiß ich es auch nicht."

„Danke", sagte die Frau leise. Sie reichte ihm die Hand und drückte ihm einen Zwanziger hinein. „Ich weiß es zu schätzen, dass Sie immer so hilfsbereit sind." Eine Locke löste sich aus ihrem Zopf und fiel ihr ins Gesicht.

Robert lächelte und bedankte sich artig. Sie war zwar eine nette Person, aber bestimmt richtig gaga. Na ja, er hoffte, sie nicht nochmal besuchen zu müssen.

Und offenbar hatte sein Wunsch die nötige Ernsthaftigkeit gehabt. In der kommenden Woche hörte er nichts von Frau Herzog.

Er saß gegen 18.00 Uhr fröhlich pfeifend in seinem Firmentransit, den er am heutigen Samstag zum Ausliefern der Matratzen bekommen hatte, und war auf dem Weg nach Hause, als sein Handy klingelte.

Stirnrunzelnd nahm Robert den Anruf entgegen. Er ahnte, dass es sein Chef sein könnte.

Stattdessen war es Mandy, die Angestellte im Laden. Auch nicht besser.

„Robert-Herzchen", flötete sie durch die Lautsprecher der Freisprechanlage. Sie redete immer so freundlich, wenn sie etwas Unangenehmes sagen musste, wusste er. „Du bist doch gerade auf dem Heimweg, ja? Kannst du nicht noch schnell eine Matratze abholen? Du kannst das Auto dann auch übers Wochenende mit nach Hause nehmen."

Da Robert kein eigenes Fahrzeug besaß, fragte er schon mal nach, ob er nicht das Firmenauto dann und wann mitnehmen konnte, meist wenn er größere Sachen transportieren wollte, oder wenn er weiter wegfahren musste. Sein Chef war ihm da immer entgegengekommen.

„Hast du gehört?", wollte Mandy wissen.

Er bestätigte. „Ja, gut, aber dafür hab ich noch einen gut beim Chef!", knurrte er.

„Du doch immer", gurrte Mandy. „Ist auch in deiner Nähe. Frau Herzog. Kennst du ja!"

Ihm blieb die Luft weg!

Sarah Herzog! Nicht schon wieder!

Mandy lachte. „Sie bekommt auch keine neue. Nimm die alte einfach mit und dann ist alles gut. Dann sind wir die Schreckschraube los."

Er murmelte sich eins in den Bart, den er nicht hatte und beendete das Gespräch, nachdem er hoch und heilig versprochen hatte, den Auftrag zu erledigen.

Dann setzte er den Blinker und machte sich auf den Weg zu Frau Herzog.

Und offenbar hatte die auf ihn gewartet, denn bereits zwei Sekunden nach dem Klingeln ging der Summer, der die Haustür öffnete.

Zwei Stufen auf einmal nehmend, stürmte Robert hoch. Wie erwartet stand Frau Herzog an der Tür und sah ihn fast weinerlich an.

Sie trug ein ärmelloses Top, einen langen, weiten Rock in hellen Pastellfarben und sah an sich sehr nett aus. Ihre Haare hatte sie hochgebunden, damit sie bei diesem heißen Wetter nicht allzu sehr störten.

Er legte den Kopf schief. „Frau Herzog!", tadelte er mit dunkler Stimme, dennoch recht sanft für seine Verhältnisse, und kam in die Wohnung. „Was ist denn jetzt schon wieder mit der Matratze? Sagen Sie jetzt nicht, die ist auch nicht in Ordnung!"

Langsam schloss Sarah die Tür und ließ den Kopf hängen. „Sie glauben mir ja doch nicht."

„Ist ja auch schwer zu glauben", gab er zu und ließ sie nicht aus den Augen. Irgendwas in ihr rührte ihn heute an, was wusste er nicht. Aber sie tat ihm leid.

Sarah wies mit der Hand den Weg und wusste nichts zu sagen. Jedes Wort war hier zu viel.

Seufzend machte sich Robert auf den Weg ins Schlafzimmer, um die Matratze in Augenschein zu nehmen.

Frau Herzog hatte wohl so früh nicht mit ihm gerechnet, denn ihr Bettzeug und ihr Negligee lagen noch auf dem Bett. Sonst hatte sie alles immer weggeräumt.

Ohne auf sein Grinsen zu achten, glitt Sarah neben ihm vorbei und schickte sich an, das Bettzeug wegzuräumen.

Und während sie sich vorbeugte und ihm einen perfekten Blick auf ihr wohlgeformtes Hinterteil gönnte, rutschte ihr Top ein wenig hoch und ließ zu, dass er ihren Rücken bewundern konnte.

Robert stieß ein wütendes Knurren aus, das Sarah veranlasste, sich schnell zu ihm umzudrehen.

„Wo ist dieser Bastard?", knirschte Robert wütend und ballte die Hände zu Fäusten.

Verwirrt und ein wenig entsetzt starrte sie ihn an. „Was meinen Sie?"

Mit der rechten Hand und einem Nicken wies er mühsam beherrscht auf ihren Rücken. „Der Kerl, der Ihnen das angetan hat! Ich will wissen, wo der ist!"

Ihre Hand glitt an ihren Hals und sie schluckte aufgeregt. „Hier ist kein Kerl. Und mir hat niemand etwas angetan. Ich verstehe nicht..."

„Bitte!" Robert ließ Sarah nicht aus den Augen und seine Wut erreicht bei ihrem unschuldigen Anblick neue Höhen. „Sie müssen keine Angst haben! Ich werde mir das Arschloch vorknöpfen und dann wird er am eigenen Leibe erfahren, wie es ist, jemanden den Rücken blau zu schlagen! Also: wo ist er?"

Für einen Augenblick lang stand Sarah still, ihr Mund öffnete sich und die Zeit schien zu verharren. Dann fing sie sich, schluckte wieder aufgeregt und zeigte zitternd auf das Bett. „Wenn Sie jemanden schlagen wollen, dann nur die Matratze", sagte sie mit leiser Stimme.

„Sie müssen ihn nicht in Schutz nehmen", knurrte Robert. „Sagen Sie es mir!"

Tief atmete sie ein und räusperte sich, während sie ihre Hände knetete. „Ich sage Ihnen die Wahrheit. Niemand hat mich geschlagen. Es ist überhaupt kein Mensch hier außer Ihnen und mir." Wieder holte sie Luft. „Wenn Sie gerade meinen Rücken gesehen haben, dann haben Sie die falschen Schlüsse gezogen.

Die blauen Flecken kommen von der Matratze! Das habe ich Ihnen doch schon beim letzten Mal gesagt."

Er erinnerte sich.

Und es verschlug ihm die Sprache. Wortlos starrten sich die beiden an.

„Das kann nicht sein", brachte er fast unhörbar hervor.

Dann nahm er das Bettzeug und legte es vorsichtig auf einen Sessel, der in der Nähe stand, um die besagte Matratze in Augenschein zu nehmen.

Er drehte sie herum und befühlte sie von allen Seiten.

Mit einem Kopfschütteln bohrte er seinen Finger in jegliche Vertiefung, ohne Erfolg. Es fühlte sich alles weich und harmonisch an.

„Ich verstehe das nicht", gab er dann zu und sah Sarah wieder eindringlich an. „Ich kann keine eingearbeiteten Fremdkörper fühlen. Das kann nicht von der Matratze sein."

Sarah zog die Schultern hoch. Fast hatte er den Eindruck, sie würde gleich beginnen zu weinen.

„Ich sage Ihnen doch, es ist niemand anders hier, war es nicht und ist es auch nicht. Der einzige, der in meiner Wohnung war, das sind Sie." Dabei sah sie ihm tief in die Augen.

„Was machen Sie denn nachts?", war seine nächste Frage. Und als er sie gestellt hatte, lief vor seinem inneren Auge eine Art Pornofilm ab, mit Frau Herzog in der Hauptrolle. Dummerweise gefiel ihm die Vorstellung.

„Nicht das, was Sie jetzt denken", wies sie ihn barsch zurecht und zerstörte damit den Traum mit einem Knall, als hätte sie mit einer Nadel hineingestochen. „Ich liege im Bett und versuche zu schlafen!"

„Dann müssen Sie eine komische Art zu schlafen haben", grinste er – und schwuppdiwupp war der Traum wieder da.

„Also bitte, ja!", sagte sie, gespielt energisch. „Wenn Sie mir nicht glauben, können Sie es sich ja selbst ansehen!"

Als sie es ausgesprochen hatte, fiel ihr auf, was sie da eigentlich von sich gegeben hatte. Sie legte die Hand auf den Mund und forschte in seinem Blick nach, wie er es aufgenommen hatte.

Robert grinste anzüglich, was an dem wiedergekehrten Traum von dem inneren Auge lag. „Gut, denn das will ich unbedingt!"

Froh gelaunt begann er, das Bett wieder einzuräumen, legte die Kissen schön ordentlich zurecht, strich die Bettdecke glatt und drapierte das Negligee mit spitzen Fingern andächtig oben drauf.

„Also...", wollte Sarah protestieren, wurde aber von Robert unterbrochen.

„Ich denke, das hat noch etwas Zeit. Wie wäre es, wenn Sie mal etwas zu Essen bestellen, ich würde dann so lange Ihre Dusche benutzen." Sprach's, zwinkerte ihr zu und verschwand im angrenzenden Badezimmer.

Sarah stand da wie vom sprichwörtlichen Blitz getroffen. Sie konnte sich nicht rühren und hörte stattdessen, wie es sich der Mann vom Matratzenhaus in ihrem Bad gemütlich machte.

Sie wusste einfach nicht, was sie tun sollte.

Der Kerl war doch wohl verrückt, wenn er glaubte, sie würde die Nacht mit ihm verbringen!

Aber...

Vielleicht kam sie dann dem Geheimnis auf die Spur, weshalb sie immer wieder eine neue Matratze brauchte.

Ihre Neugierde siegte.

Was hatte er gesagt? Sie sollte etwas zu Essen bestellen?

Du lieber Himmel, was könnte der wohl essen wollen?

Sarah entschied sich für Pizza und rief schnell beim Bestellservice an.

Etwa eine Stunde später saßen Robert und Sarah in ihrem kleinen, hübsch eingerichteten Wohnzimmer und waren schon beim du.

Die Pizza hatte das Eis gebrochen – und der süffige, rote Wein, den Sarah dazu gestellt hatte. Mittlerweile war jeder schon beim zweiten Glas und die Stimmung wurde entspannter.

„Was machst du eigentlich beruflich?", wollte Robert wissen und nahm noch einen großen Schluck Wein.

Sie sah ihn an und schluckte das letzte Bisschen Pizza herunter.

27

„Ich arbeite beim Juwelier in der Stadt. Dort designe ich für ausgesuchte Kunden exquisite Schmuckstücke."

„Wow", machte er und riss die Augen auf. „Das ist aber mal sehr ausgefallen."

Schulterzuckend nippte sie an dem Wein. „Es ist eine schöne Stelle. Und es macht mir Spaß. Zum Glück muss ich nicht am Hungertuch nagen."

Er lachte und machte eine Geste mit der Hand. „Das kann man sehen. Deine Wohnung gefällt mir."

Sarah wurde leicht rot. „Danke", hauchte sie. Es war ihr etwas peinlich, da Robert den Eindruck eines hart arbeitenden Mannes machte, der für sein Geld schuften musste. Sie musste das nicht, da sie schon seit ihrer Kindheit im Reichtum gelebt hatte.

„Ich mag meinen Job beim Matrazenhaus auch ganz gern", brach er das aufgekommene Schweigen. „Meistens jedenfalls." Er prostete ihr augenzwinkernd zu. „Solche Leute wie du kosten mich allerdings Nerven."

Sarah sah betreten zu Boden, was Robert dazu veranlasste, seine Finger unter ihr Kinn zu legen und es zu heben, bis sie ihn wieder ansah.

„Du hast mir aber auch bewiesen, dass du dir das nicht eingebildet hast." Er lächelte mild. „Also kein Grund, jetzt traurig zu sein. Wir bekommen heraus, was dich quält. Die Matratze kann es nicht sein, da bin ich mir sicher."

„Wenn du wüsstest, was ich nicht schon alles ausprobiert habe", flüsterte sie verzagt. „Es kann nur diese Matratze sein."

„Davon bin ich nicht überzeugt", widersprach Robert. „Aber was es auch ist, wir bekommen es heraus."

Erneut nahm er noch einen Schluck Wein und animierte sie, ebenfalls zu trinken.

Sie waren beide enorm angeschickert, als sie sich gut gelaunt gegen Mitternacht Richtung Schlafzimmer aufmachten. Die beiden Flaschen Rotwein hatten ihr Übriges getan und das entsprach Roberts Plan, Sarah betrunken zu machen, damit er ihr die Verlegenheit nehmen konnte. Er selbst vertrug eine ganze Menge Alkohol, da konnte so eine junge Frau kaum mithalten. Und in der Tat konnte Sarah kaum noch gerade gehen.

Sie kichert und wollte sich ins Bett fallen lassen, als Robert sie stoppte.

„Tut mir leid, Süße", sagte er lachend und hielt sie fest. „Du musst alles ganz genau so machen wie immer. Sonst finden wir ja nicht heraus, wo das Problem ist."

Protestierend schnappte sich Sarah das Negligee und begann, sich umständlich auszuziehen.

Robert musste schlucken. Sie sah wunderschön aus und er wünschte sich, er hätte ihr nicht das Versprechen gegeben, sich anständig zu benehmen und unbedingt herauszubekommen, was die blauen Flecken auslösen konnte. Er stöhnte. Wie blöd war er eigentlich gewesen? Hätte er das Versprechen nicht gegeben, würde er sie jetzt auf die Matratze werfen und Liebe mit ihr machen.

Langsam begann er zu schwitzen.

Verdammt, das war schlimmer als er gedacht hatte!

Mittlerweile war Sarah fertig geworden und kletterte nun, bekleidet mit ihrem schwarzen Spitzennegligee, in ihr Bett und kuschelte sich in die Kissen.

Er hingegen, ganz Gentleman, zog sich den Sessel näher und setzte sich direkt vor das Bett, so dass er sie gut beobachten konnte.

„Schlaf gut, meine kleine Prinzessin", murmelte er und bedauerte sich selbst.

Sarah antwortete nicht mehr. Offenbar war sie schon eingeschlafen.

Er dimmte das Licht bis auf ein Minimum und beobachtete.

Für eine ganze Weile passierte nichts und der Schlaf übermannte Robert, so ungemütlich der Sessel auch war.

Aber er wurde schnell wieder wach, als Sarah begann, sich stöhnend hin- und herzuwälzen. Sie lag kaum zwei Minuten, dann änderte sie die Position, so als würde sie sich nicht wohlfühlen. Wach wurde sie dabei zwar nicht, aber selbst

Robert erkannte, dass das alles andere als erquickend sein musste. Dabei fiel ihm auf, dass sie zwar die ganze Zeit auf dem Rücken lag, sich aber immer wieder anders positionierte, mal mit angezogenen Beinen, mal halb links, dann wieder halb rechts.

Er schüttelte den Kopf und es ging ihm nahe, wenn er sie so quälend stöhnen hörte.

Mit einem kurzen Griff entledigte er sich der Jeanshose und seines T-Shirts und kletterte zu ihr ins Bett, schmiegte sich an sie und zog sie seitlich in seine Arme.

Wieder wurde Sarah nicht wach, aber sie kuschelte sich an ihn und rieb ihr Gesicht an seiner Haut.

Verdammt! Auf was hatte er sich da nur eingelassen?

Am nächsten Morgen wurden beide zeitgleich wach, wobei der eine gerädert, die andere ausgeschlafen war.

Sarah starrte verwundert in Roberts blaue Augen und fragte mit großem Erstaunen: „Was ist passiert?"

Er grinste verschlafen. „Du hast mir so leid getan, wie du dich hin- und hergerollt hast. Da habe ich dich einfach in den Arm genommen. Wie geht es dir?"

Umständlich machte sich Sarah frei und streckte sich. „Gut", sagte sie fassungslos. „Ich weiß nicht, wie du das gemacht hast, aber ich habe heute keine Rückenschmerzen."

Mit einem Lachen erhob sich auch Robert aus dem Bett. Er stellte sich direkt vor sie hin. „Damit ist es wohl bewiesen, dass es unmöglich die Matratze sein kann, die dich quält."

Sarah errötete. „Und was willst du damit sagen? Dass ich einfach nur einen Mann brauche?"

Wieder lachte Robert. Er beugte sich herunter und küsste Sarah mitten auf den Mund.

Sie reagierte perfekt auf ihn, küsste ihn ebenfalls und schmiegte sich an ihn, schürte sein Feuer.

Langsam drängte er sie zurück ins Bett, legte sie auf den Rücken, um über sie zu gleiten.

„Au", sagte sie und er erstarrte in der Bewegung.

„Was ist?", wollte er atemlos wissen. „Ich habe dir doch nicht weh getan?"

Sie schüttelte den Kopf. „Mein Rücken schmerzt schon wieder so, als ob ein Stein in mich drücken würde."

Roberts Brauen zogen sich zusammen, als ihm etwas klar wurde. Wenn es nicht die Matratze war, dann...

„Nicht erschrecken", sagte er dunkel.

Aber Sarah erschreckte sich doch, als er ansetzte und ihr Lieblingsnegligee in Fetzen riss.

Leidenschaft in allen Ehren, aber das hier ging zu weit!

Mit einem Schrei wollte sie sich losmachen, als Robert nach etwas griff und es ihr zeigte.

„Was ist das?", wollte er mit gestocktem Atem wissen.

Eine Weile lang sagte niemand etwas.

Sarah besah sich das kleine glitzernde Teil, das Robert zwischen Daumen und Zeigefinger hielt. Das Teil, in dem sich das Licht brach und es in alle Regenbogenfarben aufspaltete. Und sie wurde schwach.

„Ein Diamant", flüsterte sie. „Ein ziemlich großer sogar. Fünf Karat, wenn ich das so überschauen kann." Sie seufzte. „Es ist genau der Diamant, den ich schon seit Wochen suche."

„Ungefähr so lange, wie du die neue Matratze hast?", grinste Robert wissend.

„Genauso lange", gab sie zu und verbarg ihr Gesicht hinter ihrem Arm.

Mit einem Ruck legte Robert das teure Juwel vorsichtig auf den Nachttisch und zog Sarah in seine Arme. „Und das ist der Grund, warum du nachts nicht schlafen kannst." Er küsste sie heftig. „Entbinde mich von dem Versprechen, mich anständig benehmen zu müssen, und ich verspreche dir dafür den Himmel auf Erden!"

Ihre Augen bohrten sich in seine.

„Versprochen?", wisperte sie mit einem wissenden Lächeln.

Stunden später saßen sie zusammen in Sarahs Küche und aßen die Dinge, die der Kühlschrank so hergab.

„Du bist einfach fantastisch", murmelte Robert zwischen zwei Bissen und warf ihr einen liebevollen Blick zu, der sie erröten ließ.

„Du ebenfalls", gab sie zu und zog den Gürtel des Kimonos enger, als sie sich erhob, um mehr Kaffee zu holen.

Er erwischte sie am Arm und zog sie auf seinen Schoß.

„Eines musst du mir allerdings erklären", meinte er und ließ sie nicht aus den Augen. „Wie kam dieser Diamant in dein Nachthemd?"

Sarah seufzte und strich sich durchs Haar. „Da kann ich nur Vermutungen anstellen. Vielleicht ist er mir beim Arbeiten in die Kleidung geraten. Und als ich mich zuhause umgekleidet habe, muss er in mein Negligee geraten sein, das immer auf meinem Bett liegt." Wieder seufzte sie. „Und es war mein Lieblingsnegligee. Ich habe es immer nach dem Tragen sofort ausgewaschen, damit ich es am Abend wieder anziehen konnte. Niemals bin ich auf den Gedanken gekommen, dass es der Auslöser für meine Probleme sein könnte."

Robert lachte auf und küsste sie erneut. Er wusste, damit würde er niemals wieder aufhören können.

Und auch Sarah wusste es. Sie wollte niemals wieder eine Nacht ohne Robert verbringen.

„Meine Prinzessin", murmelte er.

„Ja", dachte sie. „Er hat recht. Wie die Prinzessin auf der Erbse..."

Bereits am nächsten Morgen zog Robert bei ihr ein.

Den Diamanten verarbeitete Sarah in einer märchenhaften Brosche, die ihre Auftraggeberin so erfreute, dass sie über die lange Herstellungszeit hinweg sah.

Die Matratze haben Robert und Sarah behalten.

Und auch, nachdem sie Jahre später eine neue für ein größeres Bett gekauft hatten, gaben sie die alte nicht ab, sondern lagerten sie auf dem Dachboden als Andenken, wie sie sich einst kennengelernt hatten.

Im silbernen Mondlicht

Laura räkelte sich auf der Liege am Pool und ließ die Sonne auf den Körper scheinen. Von außen her betrachtet schien sie völlig entspannt zu sein. Wer sie aber genau kannte, wusste, dass die letzten drei Jahre sehr an ihren Nerven gezerrt hatten. Genau aus diesem Grund hatte Maike sie auch überredet, den Urlaub hier auf Madeira in diesem wahnsinnig tollen Ferienhaus mit ihr zu verbringen.

Maike konnte nicht mehr mitansehen, wie Laura sich mehr und mehr grämte, dass sie nicht schwanger wurde. Anfangs hatten sie und ihr Ehemann gedacht, es dauerte halt etwas und man müsse abwarten, danach waren sie zum Arzt gegangen, hatten dieses und jenes ausprobiert, aber es hatte nichts geholfen. Dabei waren beide kerngesund mit ihren fünfunddreißig Jahren. Und Maike hätte es ihr so gegönnt. Ihre Freundin Laura war so nett, so in Kinder vernarrt und sie und ihr Ehemann hatten die Möglichkeiten und das Geld, eine ganze Horde aufzuziehen. Sie selbst, Maike, hatte immer mal wieder einen Freund, an Kinder war da gar nicht zu denken. Sie liebte ihr unabhängiges Leben und wollte es noch ein paar Jahre auskosten.

„Na, Laura-Schneckchen, was machen wir beide denn heute Nachmittag?", wollte Maike wissen und ließ sich auf die andere Sonnenliege plumpsen.

Laura öffnete die Augen und streckte sich. „Ehrlich gesagt..." Sie machte eine peinliche Pause. „Ich möchte mich gar nicht von hier wegbewegen..."

Maike atmete tief ein. Sie wusste, warum ihre beste Freundin so lustlos war. Denn Laura mied alle Plätze, wo man auf Kinder hätte treffen können. Bei Babys war es besonders schlimm.

„Ach komm schon", drängte Maike. „Maria hat gesagt, es gäbe im Dörfchen einen Laden mit selbstgemalten Bildern ansässiger Künstler. Ich will das unbedingt sehen!"

Maria war die Nichte des Besitzers des Ferienhauses. Sie kam jeden Tag vorbei, kochte hervorragendes Essen und machte etwas sauber. Sie war etwa zwanzig Jahre alt und sehr nett. Im Augenblick werkelte sie in der Küche.

Laura zog ihr Bikinioberteil aus und präsentierte ihren perfekten Busen der Sonne. „Das können wir auch noch irgendwann die nächsten Tage machen", murmelte sie müde und schloss die Augen.

„Das hast du letzte Woche auch schon gesagt", entgegnete Maike kritisch. „Jetzt hab dich nicht so! Wir können gegen Spätnachmittag den Weg ins Dorf runter wandern, die Bewegung tut uns gut! Ich will auch mal etwas anderes sehen, als nur das Ferienhaus und den Pool."

Dieses Mal kam Laura nicht mit ihrer Tour durch. Maike drängte sie so lange, bis sie sich fertig machte und die beiden Freundinnen einen kleinen Pfad zum Dorf einschlugen. Maria hatte ihnen erklärt, dieser wäre abseits der Straße und man könne die schöne Natur genießen.

Und sie hatte recht behalten. Die Wanderung tat wirklich gut und es gab eine Menge zu sehen.

Als die beiden im Dörfchen ankamen, war Laura fast entspannt.

Und so zog Maike ihre Freundin sehr schnell in den Laden mit den Bildern, bevor sie noch auf irgendwelche Kinder treffen konnten.

Innen war es schummerig, viele Bilder standen herum und offenbar waren sie die einzigen Kunden.

Interessiert schaute sich Laura die Landschaftsbilder an, die einen Felsen zeigten, der eine Mulde aufwies, die wie eine überdimensionale Mandel aussah. Es gab jede Menge Bilder davon, jedes aus einer anderen Perspektive.

„Seltsam", dachte sie bei sich, „ich würde mich gern in die Vertiefung legen. Warum nur?"

Bei einem Bild blieb sie stehen und konnte ihren Blick nicht davon lassen. Es war auch eines dieser Felsen-Bilder und ihrer Meinung nach hervorragend gelungen. Der Mond leuchtete über dieser Mulde und das Spiel mit Licht und Schatten, sowie die unterschiedlichen Blau- und Grüntöne sprachen sie dermaßen an, dass sie sich entschloss, dieses Bild zu kaufen. Sie wedelte mit der Hand, um die Aufmerksamkeit eines mittelalten Mannes zu erregen, der hinter einer kleinen Theke eine Zeitung las. Erfreulicherweise bemerkte er ihr Wedeln, legte die Zeitung weg und kam zu ihr. Auch Maike trat näher, neugierig, was ihre Freundin da wohl gefunden hatte.

Der Mann lächelte sie beide an und fragte etwas auf Portugiesisch. Als er bemerkte, dass die Frauen ihn nicht verstanden, versuchte er es in holprigen Englisch.

„Was kostet dieses Bild?", fragte Laura in derselben Sprache und zeigte auf ihren Favoriten.

Wieder kam ein Schwall portugiesischer Worte aus dem Mund des Mannes, bis er realisierte, dass ihn wohl keiner verstand. Dann machte er eine Bewegung mit der Hand, die wohl signalisieren sollte, er wisse es noch nicht.

Entschlossen zog Laura ihre Geldbörse aus der Handtasche und holte einen Fünfzig-Euro-Schein hervor. Das Bild war etwas größer als ein DIN-A-4-Blatt und ihr diesen Preis wert.

Der Mann schien eher erschrocken denn empört über ihren Preisvorschlag. Er wehrte immer wieder mit beiden Händen ab und sagte, fast schon mantraartig: „No no!"

„Ob es ihm zu wenig ist?", fragte Maike ihre Freundin leise. „Das wären dann aber Wucherpreise hier."

Es stellte sich aber dann recht schnell heraus, dass ihm das zu viel an Geld war. Er holte einen Zettel und schrieb dreißig Euro darauf.

Unter den Umständen wurde man sich handelseinig und der Mann packte Laura das Bild in eine Papiertüte.

Was seltsam war, war die Tatsache, dass er sie von oben bis unten besah und dann lachend meinte: „It fits to you."

Maike und Laura verließen den Laden.

„Was sollte das denn bedeuten?", fragte Laura mit gerunzelter Stirn. „Wieso glaubt er, das Bild passe zu mir? Ich meine, ich mochte es auf den ersten Blick, aber..."

Die Freundin zog sie weiter ins Dorfinnere. „Das ist doch jetzt egal. Komm, wir trinken einen Kaffee hier. Das ist ein schönes Lokal. Maria hat es empfohlen."

Ein paar Minuten später saßen sie vor einem kleinen Café unter einem großen Sonnenschirm und hatten einen schönen Kaffee und ein großartiges Stück Kuchen vor sich stehen.

„Mhhh", machte Laura, als sie kostete. „Das war wirklich eine gute Idee. Einfach fantastisch!"

Maike lachte in sich hinein. Sie wusste über Maria, dass die meisten Kinder gerade beim Schwimmen am Strand waren, deshalb liefen hier auch fast keine herum, ungefährlich für Laura und sie.

Touristisch gesehen war das hier ein unberührtes Dörfchen mit vielen alten Häuschen und einheimischen Menschen. Die Welt war hier ein Stückchen weit stehengeblieben und verharrte lauernd. Wenn jetzt noch mehr Touristen ankamen und bemerkten, wie schön es hier eigentlich war, würde die ursprüngliche Heimeligkeit bald nachlassen. Solche Fleckchen wie hier waren rar.

Beide genossen die Wärme, das leckere Essen und den Kaffee. Dabei schauten sie dem Treiben der Menschen zu und seufzten ab und zu, wie gut es ihnen doch ging.

Als eine alte Frau die Straße herunter kam, fielen die Blicke der Freundinnen beinahe zeitgleich auf sie. Langsam und gemächlich ging sie ihren Weg, hielt hier und dort an, vermutlich um Luft zu schöpfen. Obwohl sie wirklich schon alt sein musste, hatte sie etwas Besonderes an sich, fand Laura. Sie trug ein schwarzes Kleid und trotz der Wärme ein gleichfarbiges Tuch über den Schultern. Ihre ehemals wohl schwarzen Haare waren einem dunklen grau gewichen, das ihr eine Art Würde gab. Sie hatte es im Nacken zu einem Knoten zusammen gefasst und nicht eine Strähne hing heraus. Am linken Arm hatte sie einen geflochtenen Korb mit einem bunten Tuch darauf.

Beim ersten Haus in der Reihe angekommen, ging sofort die Tür auf, als sie stehen blieb, und eine jüngere Frau reichte ihr einen Kanten Brot, den die Alte in ihren Korb legte. Das Spiel wiederholte sich am nächsten Haus, nur dass man ihr dort eine Flasche mit rubinrotem Inhalt gab, die auch im Korb verschwand. Sie ging weiter.

„Aha", dachte Laura. „Eine Bettlerin." Sie wunderte sich über die Großzügigkeit der Ansässigen. Mittlerweile hatte die Frau Brot, Wein, Wurst und Käse in ihrem Korb, genug für ein Abendessen.

Im nächsten Haus gab es ein paar Möhren und Kartoffeln, im übernächsten ein Säckchen Salz, dann ein Stück Speck.

„Die Leute kümmern sich um die Alten", fuhr es Laura durch den Kopf.

Ohne den Blick von der Frau zu nehmen, beobachteten die Freundinnen sie, wie sie langsam den Weg entlangging.

Als sie auf ihrer Höhe war, strauchelte sie kurz und taumelte.

Mit einem kleinen Aufschrei sprang Laura auf und stob auf die Frau zu, hielt sie am Arm und versuchte, sie ins Gleichgewicht zu bekommen. Maike wunderte sich nicht, denn Laura war schon immer sozial engagiert gewesen und hatte ein Auge für Schwächere. Sie sprang ebenfalls auf und rückte einen Stuhl für die alte Frau zurecht.

Obwohl diese wohl kein Wort der beiden Freundinnen verstand, ließ sie sich auf den Stuhl drücken und den Korb auf den Boden stellen. Sie sah die beiden nur groß an.

Da lief auch schon der Kellner herbei, redete schnell in

portugiesischen Worten und rief etwas ins Café. Sogleich brachte ein jüngerer Mann, er mochte vielleicht sechzehn oder siebzehn Jahre alt sein, ein Glas mit kalter Limonade, das er der alten Frau reichte.

Nachdem diese einen Schluck genommen hatte, leise etwas zu den Männern gesagt hatte, drückte sie Lauras Hände und murmelte offenbar ein Dankeswort. Auch Maikes Hände wurden gedrückt.

„Geht es ihr wieder besser?", fragte Laura den Kellner auf Englisch und er nickte.

Der Blick der alten Dame fiel auf die Papiertüte, die Laura in dem Laden bekommen hatte und aus der das von ihr ergatterte Bild ein Stück weit herausragte. Sie winkte dem Kellner zu und fragte ihn etwas. Daraufhin wandte dieser sich wieder an Laura mit der Frage, ob es ihres sei. Mit einem Nicken bestätigte Laura, was die alte Frau dazu trieb, wieder ihre Hände zu drücken. Die Situation war einfach bizarr, denn weder Laura, noch Maike konnten sich darauf einen Reim machen. Und der Kellner war auch keine große Hilfe, denn sein Englisch war eher schlecht als recht. Irgendwann meinte Laura herausgehört zu haben, dass die Alte wollte, dass die beiden Freundinnen an den Ort gingen, den das Bild darstellte. Maike erklärte, dass sie Maria danach fragen würde und dass sie zurzeit in dem Ferienhaus auf dem Hügel wohnten. Der Kellner schien es zu verstehen und berichtete der alten Dame davon. Sie nickte lachend, drückte nochmals die Hände der Freundinnen und winkte zum Abschied. Der junge Mann aus dem Café begleitete sie und trug den Korb.

Und so sahen die Freundinnen hinter ihr her, bis sie am Horizont verschwunden war.

Nachdem sie sich noch etwas über die gerade durchlebte Situation unterhalten hatten, machten sich die beiden auf, zurück zum Ferienhaus zu kommen.

Der Weg war etwas beschwerlicher, da es aufwärts ging, aber keine fand es schlimm, die Bewegung tat gut.

Im Ferienhaus angekommen, sprangen die beiden zur

Erfrischung in den Pool und aßen zu Abend etwas von Marias herrlichem Auflauf.

Gleich am nächsten Morgen wollten sie die junge Nichte des Ferienhausbesitzers nach der alten Dame fragen und ob es diesen Ort auf dem Bild hier wirklich gab.

Das erübrigte sich.

Maria stürmte, gleich als sie ankam, auf die beiden Urlauberinnen zu und bombardierte sie mit Fragen. „Ihr habt A Avó getroffen? Sie hat euch gesegnet? Und ihr habt ein Bild von Xavier gekauft? Ohne zu wissen, was es darstellt? Wollt ihr dort hin? Es geht nur, wenn der Vollmond scheint, das wisst ihr doch, oder?" Offenbar hatte sie sich die Fragen schon zurecht gelegt, denn sie kamen wie aus der Pistole geschossen.

Laura und Maike arbeiteten alles ab und waren begierig darauf, zu wissen, wo dieser Ort denn nun war. Und warum sie dort ausgerechnet bei Vollmond hingehen sollten.

„Ihr wollt beide ein Kind?", wollte Maria wissen und sah von einer zur anderen.

„Ja", sagte Laura und wurde knallrot, während Maike entsetzt den Kopf schüttelte. „Nein"

„Oh", machte Maria und wandte sich an Laura. „A Avó hat dich gesegnet. Das ist gut! Wenn du jetzt den Ort auf dem Bild aufsuchst und dich vom Mondlicht küssen lässt, dann wird dein Traum wahr und du wirst ein Baby bekommen. Du musst dich nur dazu ohne Kleidung um Mitternacht in die Vertiefung des Steins legen." Und als sie die ungläubigen Blicke der beiden anderen sah, fügte sie hinzu: „A Avó hat schon viele gesegnet. Alle sind dort hin gegangen und haben anschließend ein Baby bekommen. Warum, glaubt ihr, unterstützen die Frauen im Dorf sie mit Essen und Getränken? Sie sind dankbar und A Avó ist eine Heilige."

Das saß erst einmal.

Maike setzte sich zurück in ihren Stuhl und wedelte mit den Händen. „Ich bin raus! Auf gar keinen Fall will ich jetzt ein Baby, das wäre doch völlig unsinnig in meiner Situation."

„Dann leg dich nicht in die Vertiefung", riet ihr Maria, fast vergnügt.

Laura hingegen war still geworden. Ein Baby war ihr sehnlichster Wunsch! Schon seit so vielen Jahren! Und jetzt sollte es so einfach sein?

„Ich will unbedingt dort hin!", sagte sie mit Nachdruck. „Weißt du den Weg, Maria?"

Sicherlich wusste sie ihn. Maria holte einen Zeichenblock und begann, den Weg aufzumalen. Er begann direkt hinter dem Ferienhaus. Was für ein guter Zufall!

„Kannst du nicht einfach vorgehen?", bettelte Laura. „Sonst finden wir es vielleicht nicht."

„Was heißt hier wir?", fragte Maike atemlos. „Ich habe gesagt, ich will das nicht!"

„Aber du kannst mich doch nicht allein gehen lassen!" Laura war entsetzt. „Schon gar nicht in der Nacht! Da habe ich Angst..."

Maria zuckte mit den Schultern. „Ihr könnt beide gehen. Wenn du dich nicht in die Vertiefung legst, bist du sicher. Aber den Weg müsst ihr allein finden. Das ist Pflicht!"

Und da ließ sie auch nicht mit sich reden.

Im Gegenteil, es wurde noch schlimmer. „Du kannst nur heute Nacht gehen", ließ sie sich vernehmen. „Da ist Vollmond. Sonst musst du einen Monat warten."

„In einem Monat bin ich nicht mehr hier...", murmelte Laura verzagt. „Maike, bitte, lass mich nicht alleine gehen!"

Und ihre Freundin brachte es nicht übers Herz, Laura diese Bitte abzuschlagen. Zu lange beklagte diese schon ihre Situation und Maike fühlte mit ihr.

Also beschlossen die beiden, sich um elf Uhr abends auf den Weg zu machen. Maria hatte gesagt, es gäbe keine Möglichkeit, sich zu verlaufen und man wäre in gut einer halben Stunde dort. Sie hatte Laura sogar in den Arm genommen und ihr alles Glück der Welt gewünscht. Maike hatte sie zugezwinkert und ihr nochmals eingeschärft, sich nicht in die Vertiefung des Felsens zu legen. Dann würde ihr nichts passieren.

41

Gegen Abend wurde Laura ein Nervenbündel, sie konnte nicht mehr still sitzen und sah ständig nach der Uhr. Als es endlich Zeit wurde zu gehen, schnappten sich die Frauen eine Taschenlampe und machten sich auf den Weg.

Es war eher ein Trampelpfad, aber Maria hatte recht behalten. Wenn man diesem folgte, konnte man sich gar nicht verlaufen.

„Es ist mir schon ein wenig mulmig", gab Laura zu, die hinter Maike herging. „Hörst du das?"

Erschrocken blieb sie stehen, um zu lauschen.

Ihre Freundin drehte sich herum und lachte. „Das ist doch nur ein Käuzchen! Sei nicht so schreckhaft! Außerdem ist es fast taghell!"

Es stimmte. Für die Nacht war es wirklich recht hell und die Taschenlampe brauchten sie nur fürs Protokoll.

Die Luft duftete nach Blumen und Gewürzen und Laura atmete tief ein, während sie wie verwunschen hinter Maike herlief. Ihre Angst legte sich und machte einem kribbelnden Gefühl von Neugierde Platz. Was würde sie erwarten?

Sie waren angekommen.

Auf einer Anhöhe machte sich eine Lichtung breit und dort war der Felsen mit der Vertiefung.

Das Mondlicht schien fast magisch auf den Platz und Laura erkannte die Farben auf dem Bild.

Doch das schien der Situation nicht gerecht zu werden. Hier war es noch schöner und diesen Anblick würde sie nie vergessen.

„Hier", sagte Maike und leuchtete mit der Taschenlampe auf ein Haufen Steine, der fast wie eine Treppe angelegt war. „So kommst du hoch. Beeil dich!"

Das ließ sich Laura nicht zweimal sagen. „Wie spät ist es?", wollte sie wissen, indem sie den Felsen erkletterte.

„Fast Zwölf", entgegnete ihre Freundin. „Du musst dich ausziehen und in die Mulde legen!"

Gesagt, getan.

Wie der Wind entkleidete sich Laura, die schon vorsichtshalber nur eine Shorts und ein T-Shirt getragen hatte. Sie reichte ihrer

Freundin die Sachen und legte sich in die von der Sonne noch warme Vertiefung des Felsens.

„Jetzt", sagte Maike leise.

Ein kleiner Windstoß kam über die Lichtung und streichelte Laura, die erschauderte. Es war zwar immer noch warm, aber in diesem Augenblick kam ihr der laue Wind schon fast magisch vor. Sie reckte ihr Gesicht dem silbernen Mondlicht entgegen und schloss die Augen. „Küss mich", dachte sie innerlich und lächelte.

Eine Weile lang passierte nicht, man hörte nur den gleichmäßigen Atem der beiden Freundinnen, die von der Schönheit des Ortes wie gefangen schienen.

Dann hörten sie beide das Geräusch von raschelnden Blättern und Unterholz.

Entsetzt richtete sich Laura auf und sah in das wunderschöne Gesicht eines Mannes, der justamente von dem Pfad auf die Lichtung trat.

„Oh mein Gott!", kreischte Laura und griff nach ihren Sachen, die Maike in der Hand hielt.

Der Mann schwenkte die Arme und blieb stehen. „Bitte entschuldigen Sie! Ich möchte Ihnen nichts tun!"

Laura war keinesfalls prüde, aber sie waren hier mutterseelenallein in der Pampas und sie hatte zudem nichts an – und hier stand der allerschönste Mann, den sie je gesehen hatte. Röte zog sich über ihr Gesicht und sie versuchte, sich hinter ihren Sachen zu verstecken.

Maike hatte es ebenfalls die Sprache verschlagen, sie saß mit offenem Mund neben ihrer Freundin auf dem Felsen und konnte nur diesen Mann anstarren.

„Wer sind Sie?", brachte sie nach einer Weile heraus.

„Oh" Der Mann lachte und drehte sich diskret zur Seite, damit sich Laura ankleiden konnte. Dabei fuhr er sich durch sein halblanges, hellblondes Haar, das im Mondlicht fast silbern glitzerte.

Er trug nur helle Bermudashorts und hatte in der linken Hand seine Sandalen. „Mein Name ist Mani und ich wollte Sie keinesfalls erschrecken."

Sein Gesicht war so schön, dass es Maike fast wie das eines Engels vorkam, klassisch schön wie sie es niemals gesehen hatte, mit vollen Lippen und blauen Augen. Sie vergaß fast das Atmen bei seiner athletischen Figur. Himmel, was war das nur für ein Mann?

Mittlerweile hatte sich Laura wieder hergerichtet und drängte ihre Freundin dazu, vom Felsen zu klettern, dem Maike auch sofort nachkam.

Dann standen die drei Personen voreinander.

Die beiden Frauen hingen quasi an den Lippen des jungen Mannes, der sich als Mani vorgestellt hatte.

„Ich bin Maike", sagte diese als erste und reichte ihm die Hand.

Von der Begrüßung schien er nichts zu halten. Er legte seine warmen Hände um ihre Oberarme, zog sie an sich heran und gab ihr links und rechts ein Küsschen zur Begrüßung auf die Wange, bevor er seine Hände wieder wegzog.

Maike war hingerissen.

Ihre Freundin offenbar auch. „Laura", konnte sie nur leise hauchen.

Sie bekam die gleiche Behandlung.

Dann fuhr sich Mani durchs Haar. „Ich wollte Sie wirklich nicht erschrecken. Leider konnte ich nicht schlafen und habe einen kleinen Spaziergang machen wollen. Lassen Sie sich nicht stören!"

So schnell wie er aufgetaucht war, so schnell war er auch wieder verschwunden.

„Ohhhhh", keuchte Maike, eine Weile später, bevor sie feststellte, dass sie wie ein sabberndes Hündchen immer noch auf der gleichen Stelle stand. Sie schüttelte den Kopf. „Was war das jetzt?"

Auch Laura bewegte sich. War sie vorher eingefroren gewesen? „Keine Ahnung..."

Unsicher sahen sie sich an.

Maike fasste sich als erste. „Egal. Du hast in der Mulde

gelegen und dich vom Mondlicht bescheinen lassen, das sollte reichen." Sie zuckte die Schultern. „Was mich betrifft, ich will hier weg. Komm, lass uns gehen!"

Schnellen Schrittes verließen die beiden den magischen Ort, nicht ohne nochmal über die seltsame Situation nachgedacht zu haben. Dennoch sprach keine von ihnen ein Wort.

Am nächsten Morgen wurde beide erst spät wach, ließen sich von Maria einen Kaffee reichen und freuten sich auf das leckere Frühstück.

Laura machte den Mund auf und wollte über das Ritual reden, dass sie gestern abgehalten hatten, wurde aber von Maria aufgehalten.

„Nein", sagte sie. „Nichts erzählen! Das ist geheim. Wenn es funktionieren soll, dürfen wir nichts davon sagen. So will es A Avó."

Maike nahm einen großen Schluck Kaffee. Das war ihr nur recht so. Mittlerweile hatte sie über alles nachgedacht und fand ihr Verhalten reichlich kindisch. Besser, man verlor niemals ein Wort darüber.

Und auch Laura nickte. Wir legen die Decke des Schweigens darüber, dachte sie.

Fünf Wochen später klingelte es Sturm an Lauras Haustüre und als sie öffnete, fand sie eine aufgelöste Maike vor. Ihr kurzes Haar war vom Wind zerzaust, ihr Gesicht fleckig und ihre Augen weit geöffnet, fast schwammen Tränen darin.

„Was fehlt dir, Süße?", fragte Laura entsetzt und zog ihre Freundin ins Wohnzimmer auf das bequeme Sofa. „Sprich mit mir!"

Tief holte Maike Luft und sah ihrer Freundin fest in die Augen. Dann veränderte sich ihr Blick und sie begriff. „Du bist schwanger", hauchte sie.

Ein Lächeln glitt über das hübsche Gesicht der anderen und ihre Hand legte sich auf ihren Bauch. „Ja", sagte sie selig. „Genau so ist es."

Maike begann zu weinen und schluchzte so herzzerreißend,

dass Laura sie sofort in den Arm nahm.

„Ich auch...", kiekste sie zwischen zwei Atemzügen.

Die beiden starrten sich an.

„Wie kann das sein?", flüsterte Laura und hob die Hand an den Mund. „Du hast dich doch gar nicht ausgezogen und auf den Felsen gelegt."

Die andere verstummte, wischte sich die Tränen ab. „Darüber habe ich auch schon nachgedacht", sagte sie nach einer Weile.

„Deine Aufgabe war, dich auszuziehen, dich in die Vertiefung zu legen und dich vom Mondlicht küssen zu lassen."

„Ja", nickte Laura. „Aber das hast du alles nicht getan! Deshalb..."

Maike unterbrach sie. „Nicht alles. Aber geküsst worden bin ich schon..."

Wieder sahen sie sich an. Jede ging gedanklich die Szene durch, die sich am Felsen nach Mitternacht mit dem geheimnisvollen Mann zugetragen hatte.

„Aber, das ist doch völlig verrückt", meinte Laura leise. „Dieser Mani kann doch nicht das Mondlicht sein. Das war doch nur ein unerwartetes Zusammentreffen."

„Und was, wenn nicht?" Maike zwang ihre Freundin, sie anzusehen. „Was, wenn dieser Mani eine Art Mondgott oder so was war, der uns nur küssen brauchte, damit wir schwanger werden?" Sie wartete eine Minute, bevor sie weitersprach. „Ich habe den Namen im Internet gesucht. Und weißt du was? Mani war im alten Germanien der Name des Mondgottes. Ist dir eigentlich aufgefallen, dass er deutsch gesprochen hat?"

Beide Frauen schauten zeitgleich auf ihren Bauch.

Was wenn...?

Trugen Sie wirklich das Kind eines Mondgottes in ihrem Bauch?

„Was machen wir denn jetzt?", wollte Maike verzweifelt wissen, als in Lauras Gesicht ein Lächeln glitt und es wunderhübsch aussehen ließ.

„Gar nichts", sagte sie langsam und gefasst. „Ich wollte ein Kind und nehme das als Geschenk – von mir aus auch vom

Mondgott. Was dich betrifft...", sie nahm ihre Freundin in den Arm und drückte sie fest, „auch dein Kind ist hier immer willkommen."

Weit weg von den beiden Frauen, auf der Insel Madeira saß eine alte Dame in einem Schaukelstuhl und machte ein zufriedenes Gesicht, während sie dem Stuhl einen Stoß gab. Wieder hatte A Avó jemanden glücklich gemacht...

Anka och dvärgarna

„Kommen Sie bitte herein", sagte der hochgewachsene, ältere Mann zu mir und trat freundlich zur Seite, um mich ins Haus zu lassen.

Ich schwöre, seit ich für das Detektivbüro Schneider arbeitete, hatte ich noch niemals einen Klienten, der annähernd wie ein englischer Butler ausgesehen hatte und sich auch so benahm. Tatsache war auch, dieser Mann war noch nicht einmal der Auftraggeber. Das war die hochwohlgeborene Gräfin von Hochstetter. Und zu dieser schien mich der nette Butler wohl zu geleiten.

Frau Gräfin befand sich in einem wunderschön eingerichteten Wohnraum mit exquisit aufeinander abgestimmten Möbeln. Sie saß auf einer hochwertigen Ledercouch, die in Highheels steckenden Füße auf dem Polster, eine große Sonnenbrille auf der Nase und ein Glas Champagner in der Hand haltend.

Sie trug ein enges, rotes Etuikleid mit goldenen Knöpfen, hatte ihre platinblond gefärbten Haare zu einer kunstvollen Hochsteckfrisur aufgetürmt und hielt mir ihre mit einem riesigen Diamantring bestückte Hand huldvoll entgegen. Ihr Alter sah man ihr nicht an, aber ich wusste aus meinem Dossier, dass sie neunundvierzig Jahre alt sein musste – oder älter...

„Gnädige Frau", sagte der Butler mit sonorer Stimme. „Herr Jan Marschall!"

Sie winkte dem Angestellten zu gehen und wartete, dass ich

ihre Hand ergriff. Für einen Moment lang war ich mir nicht sicher, dass sie vielleicht nicht sogar wollte, dass ich mich über die Hand beugte und sie küsste. So weit kam es noch!

Ich ergriff die Hand und drückte sie fest.

„Nehmen Sie Platz", meinte die Gräfin mit fast gelangweilter Stimme und wies auf einen Ledersessel ihr gegenüber. „Sie kommen von Herrn Schneider?"

Das konnte ich nur bejahen. „Ihre Stieftochter ist verschwunden?", tastete ich mich vor.

„Ach, dieses unmögliche Mädchen", seufzte die Gräfin und nahm einen kleinen Schluck aus ihrem Glas. „Schon seit ich in dieses Haus gekommen bin, macht sie mir Schwierigkeiten. Aber seit mein Mann gestorben ist", sie machte eine kleine Pause, in der sie ihre Hand kurz an die Lippen drückte, „da ist es unmöglich, mit ihr zu leben, ohne dass sie sich eine neue Gemeinheit ausdenkt."

„Aha", machte ich geschäftsmäßig und nickte.

Aufgebracht schwenkte sie die Beine über das Sofa und stellte sie mit einem Ruck auf. „Wissen Sie, was diese dumme Schlampe sich erdreistet hat zu tun?" Ihre Stimme klang schrill.

Entsetzt durch die Beleidigung schüttelte ich den Kopf.

„Sie hat meine Augencreme ausgetauscht!", fauchte die Gräfin und riss sich die Brille von der Nase. „Sehen Sie sich das an!"

Es gruselte mich etwas, der hochwohlgeborenen Frau ins Gesicht zu sehen, aber für meine Verhältnisse war da alles in Ordnung. Eine schöne Frau mit himmelblauen Augen, die allerdings gerade Feuer spuckten. Hilflos schwieg ich und zuckte die Schultern.

Ihre Stimme kippte über. „Sehen Sie es nicht? Die kleinen Fältchen hier? Ich werde eine Operation brauchen!"

Schnell setzte sie die Brille wieder auf und trank einen weiteren Schluck Champagner, offenbar zur Beruhigung.

Ich verstand sie nicht. Wenn ich an andere Frauen in ihrem Alter dachte, hatten die Fältchen, aber ihr Gesicht schien mir faltenfrei vorzukommen. Vielleicht hatte ich es auch einfach

50

nicht so mit Frauenproblemen...

„Das tut mir leid für Sie", murmelte ich. „Wann haben Sie Ihre Stieftochter denn zuletzt gesehen?"

„Konrad", rief sie keifend und machte sich damit bei mir immer unsympathischer.

Der Butler tauchte sofort auf und hob erwartungsvoll die Brauen, bereit, die Befehle der Gräfin anzunehmen.

„Seit wann ist diese Göre weg?", wollte sie aufgebracht wissen und trank erneut einen Schluck.

Der Butler räusperte sich. „Die junge Bianka von Hochstetter ist am vorletzten Dienstag das letzte Mal gesehen worden."

Ich stutzte. „Das ist ja schon fast zwei Wochen her", wunderte ich mich dann.

Während Frau Gräfin abweisend die Luft auspustete, beeilte sich der Butler zu erklären: „Die junge Bianka ist häufiger ein paar Tage außer Haus. Erst als der Förster die Entdeckung gemacht hat, hat die gnädige Frau beschlossen, Sie zu rufen."

„Der Förster?", fragte ich verblüfft.

„Offenbar hat sie sich eine Hütte im Wald gebaut, wo sie sich häufiger aufgehalten haben muss", erzählte die Gräfin gelangweilt. Sie wies aus dem Fenster auf den weitläufigen Garten, an dem sich ein dunkler Wald anschloss.

Dann machte sie eine ungeduldige Geste in Richtung des Butlers und sagte nasal: „Konrad, zeigen Sie Herrn Marschall alles." Sie drehte sich mir direkt zu. „Und Sie finden das Balg besser ganz schnell. Ich bin ihr Vormund, müssen Sie wissen."

Mühsam beherrscht verabschiedete ich mich von der Gräfin und folgte dem Butler namens Konrad in eine schöne, große Wohnküche, in der eine wohlbeleibte Frau mit einer Schürze herumwieselte.

„Martha, das ist Herr Jan Marschall von der Detektei Schneider", stellte mich der nette Butler vor und bat mir einen Stuhl an. Dann wies er auf die Frau, die in den sechzigern sein musste, was auch ungefähr seinem Alter entsprechen könnte.

„Martha, meine Frau und Köchin hier."

„Möchten Sie eine schöne Tasse Kaffee?", fragte sie, wischte sich die Hände ab und reichte mir ihre Rechte, die ich freundlich drückte.

Diese Martha gefiel mir. Ihre Stimme war warm. Also nahm ich das Angebot dankend an.

Es gab nicht nur Kaffee. Sie stellte ein Stück warmen Apfelkuchen vor mich und gab reichlich Rahm darüber, bevor sie mir bedeutete zuzugreifen.

Nachdem ich mehrere Male zustimmend gegrunzt und meine Augen vor Verzückung verdreht hatte, setzten sich die beiden zu mir und begannen zu erzählen.

Bianka von Hochstetter war von der neuen Ehefrau des Grafen von Hochstetter schon immer boshaft behandelt worden. Ihr Vater hatte meist nichts davon mitbekommen, da er vielerorts außer Haus war. Jetzt, nachdem der alte Graf verstorben war, machte die neue Gräfin keinen Hehl aus ihrem Hass der Stieftochter gegenüber und ließ keine Gelegenheit aus, die Siebzehnjährige zu drangsalieren und abzukanzeln. Deshalb verließ Bianka das Haus häufiger in einer Nacht-und-Nebel-Aktion, um ihrer Stiefmutter aus dem Weg zu gehen.

„Und was ist jetzt mit diesem Förster?", wollte ich mit vollem Mund wissen. Der Kuchen war einfach zu gut. „Was hat der mit der Sache zu tun?"

Martha nickte mir zu. „Der gehört quasi mit zur Familie. Er kümmert sich schon seit Jahrzehnten um den Forst. Offenbar hat die junge Bianka ein gemauertes Häuschen mitten im Wald besucht, denn dort sind ihre Kleider gefunden worden."

Konrad mischte sich ein. „Wir wissen, dass sie sich da häufig mit ihren Freunden traf." Er räusperte sich. „Sie haben dort zusammen Musik gehört."

„Was sind das für Freunde?", fragte ich skeptisch.

Das Ehepaar sah sich an und seufzte.

„Genau wissen wir das nicht", meinte Martha mit trauriger Stimme. „Bianka hat nicht viel von ihnen geredet, aber wenn sie mit ihnen telefonierte, dann nannte sie seltsame Namen."

„Welche?"

Wieder räusperte sich Konrad umständlich. „Ich kenne nicht

alle. Einen nannte sie Fidschi, den anderen Terror, und ein anderer wiederum hieß offenbar Kater oder Whiskas, ich erinnere mich nicht genau."

„Und Pfirsich", wusste Martha noch.

Ich nickte. Das waren alles Spitznamen und nicht ganz so hilfreich. Dennoch merkte ich es mir.

„Haben Sie ein Bild von Bianka?", nuschelte ich, während ich den letzten Krümel vom Kuchen vertilgte und den Kaffee austrank.

Die Köchin erhob sich und beeilte sich, ein Foto der Gesuchten hervorzuholen.

Einen Blick darauf ließ mich erstarren.

Bianka von Hochstetter war eine Schönheit mit dunkelblauen, fast veilchenfarbenen Augen, glänzendem schwarzen Haar, das zu einem Pferdeschwanz gebunden war, und einem herzförmigen Gesicht, das mich warm und herzlich anlächelte. Eine Göttin!

Und jetzt konnte ich mir vorstellen, warum die neue Gräfin ihre Stieftochter nicht leiden konnte. Offenbar war sie sehr auf das Äußere bedacht, so dass ihr die junge Frau ein Dorn im Auge sein musste.

Wieder nickte ich.

Dann bedankte ich mich anständig und schickte mich an, das feudale Grafenrefugium zu verlassen.

Ich machte mich als Erstes daran, diesen Förster zu finden. Und dieses Häuschen oder was auch immer.

Glücklicherweise fand ich beides an einem Ort, was mir die Suche extrem erleichterte.

„Sind Sie der Kerl vom Schneider?", wurde ich von einem grün gekleideten, hochgewachsenen Mann mit Vollbart begrüßt. Für mich hatte er etwas von Rübezahl, aber das ließ ich ihn nicht wissen.

Formvollendet stellte ich mich vor.

„Bin Hartmut Krebel", meinte der Vollbärtige und schüttelte meine rechte Hand, wie andere einen Birnbaum geschüttelt hätten. „Das ist die alte Jägerunterkunft." Dabei wies er auf ein steinernes Häuschen, das zwar ganz nett aussah, dessen bessere Zeiten aber schon vorbei waren. „Die sind häufiger hier, diese Verrückten."

Ich zog meine Augenbrauen hoch. „Welche Verrückten? Ich dachte, die Kleidung der jungen Frau von Hochstetter wäre hier gefunden worden."

Er nickte und schloss die Tür mit einem altertümlich wirkenden Schlüssel auf.

Neugierig sah ich in den Raum.

Es gab ein paar Holzstühle, in der einen Ecke ein Bett mit einer schmutzig aussehenden Decke darüber und in der anderen Ecke einen Ofen, vor dem etwas Holz zum Heizen gestapelt war.

Krebel stellte seine Flinte an die Wand.

„Die kommen hierher, um Lärm zu machen", meinte er vage. Dann zeigte er auf das Bett. „Da lagen die Sachen. Habe sie unter die Decke gelegt."

„Welchen Lärm meinen Sie?" Ich bewegte mich auf das Bett zu und sichtete die liegengelassenen Designerstücke. Ja, das waren offenbar wirklich Biankas. Ihr Name war innen eingestickt. Eine helle Stoffhose und eine bunte Bluse im Tunikastil. Einen Augenblick grübelte ich darüber nach, was das wohl wert war, aber dann vergaß ich es.

„Na, Lärm eben!" Der Förster schien verärgert. „Die Tiere laufen alle weg, wenn sie anfangen. Unmöglich, so was! Und das nennen sie Musik!"

Aha, Musik also...

Bianka von Hochstetter traf sich in einer Hütte im Wald mit dubiosen Leuten, um ein paar Liedchen zu trällern? Das wurde ja immer besser!

„Kennen Sie welche von denen?", wollte ich wissen.

Krebel stieß die Luft verächtlich aus. „Die haben alle Decknamen! Total verrückt! Einer heißt Terror! Und der hat Fahrradketten um den Bauch! Ein anderer nennt sich Attacke, aber eigentlich ist er der Sohn vom Arzt. Und er schmiert sich schwarze Farbe ins Gesicht."

Die Information konnte etwas wert sein! Nicht das mit der

Farbe, der Sohn des Arztes!

Ich knurrte zufrieden. So viele Ärzte gab es nicht in diesem Dörfchen.

„Wie kommen die hier rein?", fragte ich noch professionell.

„Doktor Mester hat einen Schlüssel", klärte mich der Förster auf.

Und damit hatte ich den Namen von diesem Arzt. Lief ja prima!

Mit einem freundlichen Spruch auf den Lippen verabschiedete ich mich, nicht ohne Rübezahl noch alles Gute zu wünschen.

Ich war einen Schritt weiter!

Doktor Mester war mein nächster Anlaufpunkt.

Dummerweise ging seine Sprechstunde nur bis 16.00 Uhr und es war jetzt weitaus später. Mist!

Mürrisch machte ich mich auf den Weg in die nächste Stadt. Heute würde ich nichts mehr reißen können, also konnte ich mir auch ein Zimmer suchen und morgen weitermachen.

In einer kleinen Pension checkte ich ein. Es war gemütlich dort, aber nicht wirklich komfortabel.

Mein knurrender Magen zwang mich zu einem kleinen Spaziergang, der mich an einen Imbissstand führte.

Der Mann dort war offenbar einsam und verwickelte mich und einen Rockertypen deshalb in ein Gespräch. Oder es war ihm langweilig.

„Morgen ist der große Tag!", ließ uns der andere Gast wissen und deutete auf ein paar Plakate, die an einem Verteilerhäuschen widerrechtlich angeklebt worden waren.

„Anka och dvärgarna" stand darauf und pries eine heimische Metalband an, die offenbar am nächsten Abend ihr Debüt gab.

Mir fielen fast die Augen aus dem Kopf, als ich einen Blick auf die Personen auf dem Plakat warf.

„Geil!", freute sich der Imbissmann. „Du bist dabei?"

Der Rockertyp nickte freudig. „Ja, Mann, es ist so genial! Endlich hat es geklappt! Jetzt kommen wir ganz groß raus."

„Was spielt ihr denn so?", fragte ich zwischen zwei Bissen Pommes, ließ mir meine innere Unruhe aber nicht anmerken.

Er sah an mir hoch. In seinem Gesicht stand die fast kindliche Freude. Er musste etwa zwanzig sein, hatte lange, braune Haare und trug Lederklamotten. „Wir machen Trashmetal und schreiben alle unsere Songs selbst! Unsere Leadsängerin ist endgenial und hat eine Hammerstimme!" Er deutete auf das Plakat. „Anka. Sie ist mega!"

Ich nickte, Ja, sie sah sehr mega aus in ihrem kurzen Lederoutfit. „Beeindruckend!"

Er musterte mich von oben bis unten. Offenbar fanden meine schwarze Jeans und mein weißes Hemd, sowie meine Wortauswahl nur zögerlich seine Zustimmung.

„Und was hörst du so?", wollte er wissen.

„Passt schon", murmelte ich. „Wo ist das denn, wo ihr spielt? Und bekomme ich ein Autogramm?"

Dem armen Kerl fiel fast alles aus dem Gesicht!

„Alter!", stammelte er. „Klar!" Er suchte nach einer Serviette und als er sie fand, schrieb er seinen Namen schwungvoll darauf, bevor er sie mir gab. „Wir spielen im „Seven", der besten Location am Ort. Voll genial, wenn du kommst! Dann kannst du auch die anderen kennenlernen!"

Ich grinste und nickte. „Ja, super! Das würde mich freuen!" Gespielt ehrfürchtig warf ich einen Blick auf die Serviette. „Die ist bestimmt mal was wert. Wie heißt du noch?"

„Devil", brachte er hervor und starrte mich an, bevor er die Hand hob und zur Faust ballte. „Ich muss jetzt gehen. Brofist, Alter!"

Meine Faust traf auf seine, bevor er sich aus dem Staub machte und ich meine Essensaufnahme fortsetzte.

„Was für ein Typ", ließ sich der Imbissmann vernehmen. „Ich wünsch ihm alles Gute. Wollen Sie echt morgen da hingehen?"

Oh ja! Und wie ich das wollte! Das würde ich mir auf gar keinen Fall entgehen lassen!

Den nächsten Tag verbrachte ich in ruhiger Klausur auf meinem Zimmer. Gegen zehn Uhr hatte ich das Frühstück in den Gasträumen der Pension eingenommen, mich dann mit meinem Laptop auf das Bett gelegt und ganz in Ruhe ein paar

Nachforschungen unternommen.

Bereits eine gute Stunde später war ich im Bilde.

Diese Metal-Band, die da heute Abend auftreten würde, Anka och dvärgarna, bestand aus sieben Musikern und der Leadsängerin Anka.

Es gab wohl diesen Devil, der mir bereitwillig sein Autogramm gegeben hatte, der aber im wirklichen Leben Ansgar Wegener hieß und bislang noch nichts Wirkliches geleistet hatte.

Seine Kumpels waren Attacke, das war der Sohn des ansässigen Arztes, besser bekannt unter dem Namen Andreas Mester; Plüschapfel oder Pfirsich, namentlich bekannt als Peter Böttcher, der offenbar eine Lehre als KFZ-Mechatroniker machte; Benjamin Kratzer, den alle nur Kater nannten, weil er seltsame Laute zur Musik beisteuerte – was auch immer; Terror, der seinen Namen von dem Aufdruck seines Lieblings-T-Shirts ableitete, der aber in seinem Personalausweis Thomas Winkler stehen hatte; Wolfgang Winkler, Bruder des allseits beliebten Terrors, Whiskas genannt, weil er immer das Katzenfutter für die ganze Nachbarschaft im Internet bestellte und Fidschi, dessen großer Traum es war, auf den Fidschi-Inseln zu leben, wo man seinen Namen Cyprian Balaneikos wohl auch nicht wirklich aussprechen können würde. Das war also die Band.

Und es hatte mich nicht viel Zeit gekostet, dieses herauszubekommen – den sozialen Netzwerken sei Dank! Vor allen Dingen Devil und Whiskas, die ihr Profil auf öffentlich gestellt hatten und somit alles preisgaben. Auch solche Menschen musste es geben!

Ich rief noch gleich Konrad und Martha an, um sie zu beruhigen und ihnen zu sagen, dass ich die gesuchte Bianka schon bald nach Hause bringen würde, was sie sehr begrüßten.

Danach machte ich einen Bestandsanruf bei meinem Chef, der ein bisschen mehr hören wollte als Konrad und Martha. Aber am Ende konnte ich ihn beruhigen, er war guter Dinge, dass ich den Fall morgen abschließen würde, und er bastelte schon mal an der Rechnung für die werte Frau Gräfin.

So weit, so gut.

Ich ging ein wenig spazieren, sah mir das Lokal, wo die Band auftreten würde, schon mal an und genoss die letzten Sonnenstrahlen.

Am Abend nahm ich noch eine Kleinigkeit zu mir, bevor ich mich auf den Weg machte.

Ich war schon gespannt, was mich da erwarten würde. Zwar hatte ich Fotos gesehen von allen Beteiligten, aber in natura waren die Menschen meist ein wenig anders.

Und wie würden sie reagieren, wenn ich mein Ding durchzog? Erwartungsgemäß gäbe es einen Knall! Abwarten...

Als ich pünktlich das Lokal „Seven" betrat, war es noch nicht voll.

Ganz offenbar hatte die Werbung für die Band nicht den Erfolg gezeigt, den man erwartet hatte, denn ich sah Whiskas, der seine Blicke durch die Leute schweifen ließ und kein glückliches Gesicht machte.

Ich stellte mich an die Bar und bestellte ein alkoholfreies Weizenbier. Die Bühne hatte ich hier gut im Blick. Es war nicht zu erwarten, dass die zwanzig Leute, die ich bislang überschlagen konnte, den Blick versperrten. Viele waren jüngere Damen, so um die zwanzig herum, gekleidet in dunklen Klamotten, geschminkt mit schwarzer Farbe. Wahrscheinlich standen sie auf die Musiker.

Gegen 21.00 Uhr betraten die Bandmitglieder die Bühne und fingen unter Jubel an zu spielen.

Bianka von Hochstetter konnte ich noch nicht ausmachen, war mir aber sicher, sie würde jeden Moment auftauchen.

Der Moment war da!

Sie betrat die Bühne, gekleidet in einer enganliegenden Lederhose mit Bändern, die einen faszinierenden Blick auf ihre Beine zuließen, einem mehr oder weniger gewagtem Lederbustier, das mich schlucken ließ, und hohen, spitzen Schuhen. Wie sie darin überhaupt stehen konnte, war mir schleierhaft.

Ihre Haare umgaben sie wild und leidenschaftlich, ihr Mund

war mit einem dunkelroten Lippenstift nachgezogen; sie war die personifizierte schwarze Göttin überhaupt.

Niemand hätte sie jemals wiedererkannt, hätte er nur das Bild gesehen, das Konrad mir gegeben hatte.

Hatte mich ihr Aussehen schon umgehauen, bekam ich jetzt einen dermaßen Schlag, der mich fast das Luftholen vergessen ließ, als sie sang.

Betörend, einzigartig, engelsgleich.

Ihre Stimme war so seltsam, gemischt mit der dunklen Stimme von Devil war es einfach so unglaublich! Und die machten hier Metalmusik! Unfassbar!

Ich trank einen Schluck von meinem Weizenbier und versuchte, wieder ins Diesseits zu kommen, was mir schwer gelang.

Das Lied zog mich in seinen Bann – und die sangen nur über einen Apfel!

Langsam kamen mehr Leute, am Ende konnte ich um die fünfzig Menschen zählen. Alle waren mitgerissen von der Musik.

Als das letzte Lied verklungen war, brach der Jubel los. Die Menge schrie, verlangte mehr!

Ich zahlte meine (immerhin drei) Weizenbiere und machte mich auf den Weg hinter die Bühne.

Hier war Chaos pur und niemand achtete auf mich.

„Hey, Alter!", rief mir da die Stimme von Devil entgegen und er hieb mir eine Sekunde später seine Rechte auf die Schulter.

„Hätte nicht gedacht, dass du kommst! War endgenial, oder?"

Ich gab ihm High Five. „Aber hallo! Absolut der Hammer!"

Er zog mich mit sich. „Komm, ich stell dich vor!"

Super, wie das lief! Besser konnte es doch gar nicht kommen!

In einem kleinen, überfüllten Raum hielten sich die Bandmitglieder auf, tranken etwas und redeten wie wild durcheinander.

„Hey", rief Devil, was ihm ein bisschen Aufmerksamkeit einbrachte. „Das ist..." Offenbar war ihm gerade eingefallen, dass er mich gar nicht mit Namen kannte.

„Jan", stellte ich mich vor.

„Jan ist ein Fan!", brüllte Devil. Er will Autogramme von uns!"

Hektik trat ein, alle redeten durcheinander, suchten Zettel, auf denen sie schreiben könnten, es war einfach nur das wilde Gewimmel.

Ich stellte mich an den Rand und beobachtete mit einem Grinsen.

Obwohl ich nur ein paar Jahre älter war als die Jungs hier, benahmen die sich noch wie Teenager, die gerade ihre erste große Liebe getroffen hatten.

Bianka nicht.

Sie blieb ganz ruhig, erwiderte meinen Blick und kam dann zu mir.

Mein Herz begann schneller zu schlagen!

„Hat es dir gefallen?", fragte sie, relativ leise, aber mit dieser Stimme, die mich umgehauen hatte.

„Einfangen und in Flaschen abfüllen", riet mir mein Gehirn in einem Moment des Größenwahns. „Diese Stimme ist besser als Drogen!"

„Oh ja", brachte ich hervor. „Besonders dieses Lied über den Spiegel."

Wir sahen uns an und der Lärm um uns herum schien irgendwie leiser zu werden, er verblasste vollends, keiner von uns beiden nahm ihn noch wahr. Wir sahen uns nur an und dann...

Ich küsste sie.

Jemand zerrte mich weg, später wusste ich, es war dieser Fidschi, der protestierte.

Alle protestierten, ich konnte aus dem Wirrwarr der Stimmen heraushören, dass einer behauptete, Anka wäre doch mit Attacke zusammen, was der verneinte. Von allen Seiten wurde ich angegriffen, was ich spielend leicht zu verhindern wusste. Diese Jungs waren alle viel kleiner als ich und eigentlich nur nervige Zwerge.

„Stopp jetzt!", war da die laute Stimme von Bianka zu hören und alle verstummten.

Terror, der gerade im Begriff war, mir seine Faust ins Gesicht zu schlagen, wurde von mir aus dem Gleichgewicht gebracht und landete auf dem Boden.

Dann war alles still.

„Ich habe euch alle sehr lieb", sagte sie leise, dennoch für jeden zu verstehen, „aber wen ich küsse, das bestimme ich selbst!"

Dann kam sie zu mir.

„Hoffentlich bin ich das", hörte ich mich sagen.

Den restlichen Abend verbrachten wir mit Reden.

Mein Plan, Bianka über die Schulter zu werfen und direkt nach Hause zu bringen, war in dem Moment geplatzt, als wir uns in die Augen schauten.

Bislang hatte ich nicht an Liebe auf den ersten Blick geglaubt, aber jetzt hatte mich das Schicksal mit einem hämischen Grinsen eines Besseren belehrt.

Bianka schien es ähnlich zu ergehen. „In dem Augenblick, als du wie eine hohe Lichtgestalt den Raum betreten hast", sagte sie mir im Laufe des Gespräches, „war ich wie verzaubert von dir. Du sahst aus wie der Prinz aus dem Märchen und das lag nicht nur an deinen blonden Haaren, deinen unglaublich blauen Augen oder deinem guten Aussehen."

Wir redeten wirklich über alles, über Gott und die Welt.

So etwa gegen zwei Uhr wollte das Lokal schließen. Der Rest der Band war mittlerweile so betrunken, dass Bianka sie mit einer willensstarken Ansprache nach Hause schickte.

Wir beide hingegen verlegten unser „Gespräch" in mein Zimmer in der Pension.

Am nächsten Tag ignorierte ich die Versuche meines Chefs, mich zu erreichen. Ich hatte einfach noch keine Idee, wie ich uns aus dieser ganzen verworrenen Geschichte herausholen konnte.

Mittlerweile wusste Bianka, wer ich war und warum ich hier war.

Und ich hatte mir ihren Teil des Geschehens angehört.

Es war beinahe genau so, wie ich vermutet hatte: die neue

Gräfin wollte ihre Stieftochter nur maßregeln und verunglimpfen, weil sie sich durch deren Schönheit alt vorkam.

„Aber das ist in dem Moment vorbei, wenn ich volljährig werde", wusste Bianka. „Dann kann ich über mein Erbe allein verfügen."

Dieser Termin war morgen, das wusste ich aus meinem Dossier über sie.

Also mussten wir einfach einen Tag herausschinden, was uns nicht weiter schwerfiel, nachdem wir unsere Handys ausgeschaltet hatten.

An Biankas Geburtstag beendete ich meinen Aufenthalt in der Pension und wir machten uns gemeinsam auf den Weg zum gräfischen Anwesen, um der gnädigen Frau gegenüberzutreten.

Zum Glück war die Dame gar nicht anwesend, dafür aber Konrad und Martha, die sich sehr freuten, uns zu sehen.

Etwa eine halbe Stunde später saßen wir zusammen in der großen Küche und hatten Kaffee und Kuchen vor uns stehen.

„Ich bin so froh, dass Sie wieder da sind, Bianka", ließ sich Martha vernehmen und strich liebevoll über die Schulter meiner Freundin. „Die Gräfin hat gesagt, sie wird Sie in hohem Bogen herauswerfen, sobald Sie die Papiere unterzeichnet haben. Aber das wird sie doch nicht tun, oder?"

Ich stieß die Luft aus. „Papiere?"

Bianka zuckte mit den Schultern. „So ein rechtlicher Quatsch. Irgendwas mit Übertragungsurkunde. Ich weiß nicht recht. Bislang habe ich mich immer aus dem Staub gemacht, wenn sie damit ankam."

Mir schwante Böses.

„Wenn es das ist, was ich annehme, dann überträgst du ihr damit dein Erbe!", stieß ich hervor. „Das willst du doch nicht unterschreiben!"

Sie sah mich an. „Nein", bestätigte sie. „Ganz sicher nicht!"

„Die gnädige Frau hat gesagt", mischte sich Konrad ein, „wenn sie zurück sei, brauche sie viel Ruhe und erst Morgen solle man sie wieder belästigen."

„Wieso Ruhe", wunderte ich mich. „Wohin ist sie denn

gefahren?"

„Ach" Bianka lachte. „Das sagt sie immer, wenn sie zu einer kleinen Schönheitsoperation aufbricht. Was ist es denn diesmal?"

Ich erinnerte mich an ihre nicht vorhandenen Augenfalten und dachte mir meinen Teil. Von mir aus, sollte sie doch...

Dann klingelte es an der Tür und Konrad erhob sich, um zu öffnen.

Es kam zu einem mittelmäßigen Tumult, so dass wir anderen in der Küche aufmerksam wurden und ebenfalls zur Haustür eilten.

Mein Chef, Herr Schneider, und zwei Polizisten waren aufeinander getroffen und jetzt in eine Diskussion mit Konrad verwickelt.

„Jan, zum Teufel, was geht denn hier vor sich?", brüllte Herr Schneider, wie er mich in den Flur kommen sah und sein überstehender Bauch wippte gefährlich, als er mit den Händen wedelnd versuchte, zu mir zu gelangen.

Einer der Polizeibeamten war ihm allerdings im Weg und so standen sie voreinander, blitzen sich böse an.

„Wir sind hier, um mit der Tochter von Frau von Hochstetter zu sprechen", verlangte der andere Polizist und sah auffordernd in die Runde.

Formvollendet machte Konrad eine Geste. „Meine Herren, es schickt sich nicht, persönliche Dinge auf der Türschwelle zu erörtern. Wenn Sie bitte eintreten würden?"

Es wurde still und ein jeder folgte dem Butler in das große Wohnzimmer. Ich weiß noch, dass mich das an eine Herde Schafe erinnerte.

Nachdem jeder einen Sitzplatz gefunden hatte und die Getränkewahl von Martha erledigt wurde, begann sich mein Chef zu räuspern. „Ich würde sehr gerne erfahren, was hier vor sich geht!" Er wandte sich einem Polizisten zu. „Mein Mitarbeiter, Herr Marschall, ermittelt hier gerade vor Ort in der Angelegenheit der verschwundenen Tochter." Jetzt nickte er Bianka zu. „Wie ich aber sehe, hat er sie schon gefunden."

Der Polizeibeamte runzelte verwirrt die Stirn, fing sich dann aber. „Wir sind nicht hier wegen einer verschwundenen Tochter. Wir suchen die Angehörigen der Frau von Hochstetter."

Bianka erhob sich anmutig. „In beiden Fällen bin ich wohl diejenige."

Die beiden Polizisten wechselten einen Blick, verlangten dann einen Ausweis und als sie den gesichtet hatten, atmeten sie einer nach dem anderen bedauernd aus.

Ich schaute durch die Runde. Irgendwas war hier faul, aber was?

„Ich muss Ihnen eine sehr bedauerliche Ankündigung machen", begann der eine Polizist. „Es geht um ihre Mutter, Frau Elke von Hochstetter."

„Meine Stiefmutter", verbesserte Bianka ihn höflich.

„Oh, in Ordnung", meinte der andere Beamte. „Das wussten wir nicht."

„Was ist mit der Gräfin?", wollte ich frech wissen.

„Und Sie sind jetzt... wer?"

„Mein Freund" und „Mein Mitarbeiter" kamen von Bianka und meinem Chef zeitgleich.

„Dann gehören Sie zur Familie...?"

Ich zuckte mit den Schultern. „Irgendwie schon."

„Können Sie jetzt bitte mal endlich sagen, was hier Sache ist", regte sich mein Chef auf, der wohl schon eine dunkle Ahnung hatte. Ich konnte es an seinem sauren Gesichtsausdruck sehen.

Wieder räusperte sich der erste Beamte. „Es tut mir sehr leid, es Ihnen sagen zu müssen, aber..."

„Frau Elke von Hochstetter ist heute bei einem bedauerlichen Unfall ums Leben gekommen", vervollständigte der andere Polizist und sah dabei betreten aus.

„Scheiße!", fluchte Herr Schneider, fuhr sich dann aber sogleich mit der Hand über den Mund. „Ich meine, es tut mir leid."

Bianka stand wie erstarrt da, offenbar nahm sie das doch mit, obwohl sie die Frau nicht hatte leiden können.

Ich ging zu ihr, legte ihr meinen Arm um die Schultern und geleitete sie zum Sofa, wo wir Platz nahmen.

„Wie ist das denn passiert?", fragte ich mit einem Blick auf den mir am nächsten sitzenden Polizisten.

Es war ganz still im Raum, jeder wartete auf eine Erklärung.

Konrad hatte seine Martha in den Arm genommen, ganz ähnlich wie ich es mit Bianka gemacht hatte, mein Chef war in so eine Art Schockstarre verfallen und die beiden Beamten sahen von einem zum anderen, bevor sich einer von ihnen endlich zu einer Äußerung aufraffen konnte.

Ganz offenbar war die Gräfin Patientin bei einem dubiosen Schönheitschirurgen gewesen, der schon länger im Verdacht stand, nicht rechtmäßig zu arbeiten. Nachdem es bei der heutigen Operation zu einem Stromausfall gekommen war, kollabierte die Frau Gräfin und der dazu gerufene Notarzt konnte nach einem halbstündigen Wiederbelebungsversuch nur noch den Tod derjenigen feststellen. Dieser Notarzt benachrichtigte auch die Polizei, da er erkannte, dass etwas nicht in Ordnung gewesen war, weshalb man jetzt Ermittlungen gegen diesen Chirurgen anstellte. Das brachte die Frau Gräfin zwar auch nicht wieder, aber zumindest würde es anderen Patientinnen nicht ähnlich ergehen.

So unschön, wie die Sache auch war, ich fand es schon in Ordnung. Es hinterließ bei mir ein ausgleichendes Gefühl der Gerechtigkeit. Schließlich hätte sich die Gräfin ja nicht operieren lassen müssen, sie sah doch gut aus. Und außerdem nahm ich ihr immer noch übel, wie sie Bianka behandelt hatte. Nichts für ungut, über Tote sollte man nicht schlecht reden, aber...

Bianka nahm es recht gelassen hin.

Zwar war sie jetzt eine sogenannte Vollwaise, aber sie wusste genau, dass ich an ihrer Seite stünde. Und zusammen könnten wir eine Familie bilden – selbstverständlich mit Konrad und Martha.

Weniger erbaut war mein Chef. Wem sollte er jetzt die Rechnung stellen? Seine Auftraggeberin war tot und sein

Angestellter bandelte mit der Hinterbliebenen an. Man sagte ihm schon mal nach, dass er über Leichen gehen würde, was das Geld anginge, aber diesen Schritt wollte er keinesfalls gehen.

Allerdings richtete er es so ein, dass ich meine Spesen selbst zu tragen hatte – besten Dank!

Dennoch sah für uns alles recht positiv aus.

Bereits nach einem dreiviertel Jahr heirateten Bianka und ich und widmeten uns der Musikkarriere meiner Frau. Mit dem jetzt vorhandenen Geld konnte die Werbung und Produktion der Band vorangetrieben werden - und, ehrlich gesagt, es läuft bombig!

Demnächst wird „Anka och dvärgarna" in Schweden auftreten, denn die wissen gute Metal-Musik sehr zu schätzen.

Und die verstehen wohl auch den Bandnamen.

Ich bin der sogenannte Manager der Truppe und weiß durch mein Geschick, immer neue Aufträge anzunehmen und Geld an Land zu ziehen.

Außerdem habe ich meinen Namen gewechselt.

Also, wenn Sie mal etwas haben: ich bin Jan Marschall von Hochstetter. Bitte sprechen Sie mich ruhig an!

(Und ich finde es immer noch geil, wenn einer hinter mir herruft: „Herr Marschall von Hochstetter!" Hört sich an wie ein Supertitel, besser noch als Graf!)

Gartenbau im Alltag

„Gartenbau und Baumschule König und Sohn, guten Morgen!", konnte man die freundliche Stimme eines Mannes um die Fünfziger hören. Er klang sonor und kompetent.

„Guten Morgen, mein Name ist Adela Waldhof. Ich habe ein großes Problem..." Die Frau am anderen Ende der Leitung war verzweifelt, so machte es zumindest den Eindruck.

„Womit kann ich Ihnen denn helfen?", wollte Herr König, der Besitzer der Baumschule, der Mann in den Fünfzigern, wissen. Alle Menschen hatten Probleme, das war ja hinreichend bekannt.

Die Frau seufzte. „Ach, wissen Sie, in drei Tagen kommen meine Schwestern zu Besuch und ich möchte ein Fest im Garten geben."

„Ja", bestätigte Herr König. „Gerade zu dieser schönen Sommerzeit sind Feste im Garten beliebt." Allerdings sind wir kein Partyservice, sagte er sich innerlich.

„Aber der Garten sieht katastrophal aus", ließ sich Frau Waldhof vernehmen. „Die Hecke muss unbedingt geschnitten werden. Und der Rosenbogen ist ungepflegt. Meine Schwestern legen so viel Wert auf den Rosenbogen, da muss unbedingt etwas gemacht werden. Können Sie mir nicht einen Gärtner schicken, der mir das in Ordnung bringt?"

Der Baumschulenbesitzer dachte nach. Nur drei Tage? Wie sollte man in so kurzer Zeit alles erledigen? Er dachte sich schon, dass noch mehr bei diesem Garten im Argen lag. Trotzdem wollte er die Dame nicht abweisen. Sie klang kultiviert, aber unglücklich, fast entmutigt, so dass es ihn ansprach.

„Ich schicke Ihnen einen Mitarbeiter vorbei, der sich die Sache mal ansieht", versprach er also. „Wie ist Ihre Adresse?"

Die Daten waren schnell ausgetauscht und das Gespräch wurde beendet.

Herr König rief nach seinem Sohn, Ben, und wies ihn an, mal bei Frau Adela Waldhof vorbeizuschauen und nachzuforschen, wie schlimm es um ihren Garten stand, gegebenenfalls schon mal mit der Arbeit beginnen.

Genau eine halbe Stunde später fuhr Ben in einem grünen Transporter, gefüllt mit Arbeitssachen, vor Frau Waldhofs Haus vor, das am Stadtrand lag und von der Straße aus sehr gepflegt aussah.

Vor dem Haus gab es einen Steingarten mit Kugelbäumchen und purpurroten Bodendeckern. Hier gab es offenbar kein Problem.

Ben schellte an und wartete.

Es tat sich nichts.

Entnervt drückte Ben erneut die Klingel, etwas öfter als gewöhnlich.

Aber wieder öffnete niemand die Tür.

Suchend sah sich der junge Gärtner um, dann fand er einen Weg zum Garten hinter dem Haus, direkt neben der großen Garage. Zwar gab es dort eine große, handgeschmiedete Gittertür mit Rosenemblemen, aber diese war nicht verschlossen. Langsam arbeitete sich Ben in den Garten vor, nicht ohne sich bemerkbar zu machen. „Hallo, ist hier jemand?"

Inzwischen hatte er Zeit, den Garten in Augenschein zu nehmen.

Und jetzt erkannte er auch das Problem, das Frau Waldhof wohl haben mochte.

Der gesamte Garten war von einer Hecke umgeben, die extrem aus der Form und zudem noch hochgewachsen war. Die war seit Jahren nicht mehr geschnitten worden.

Der Rest war wieder wohl gepflegt. Es handelte sich um ein

sehr großes Grundstück mit Rasenfläche, die von Inseln unterbrochen wurde, auf denen sich Beete mit Rosen und anderen blühenden Blumen befunden.

In der Mitte stand ein sehr großer Pavillon, wieder handgeschmiedet und mit dem gleichen Rosenemblemen, die er schon an der Gartentür hatte ausmachen können. Dieser Pavillon bot ausreichend Platz für etwa zwanzig Leute und war über und über von wuchernden Rosen in verschiedenen Farben umgeben. Das war also Problem Numero zwei.

Warum wohl gerade diese beiden Posten so vernachlässigt worden waren, konnte sich Ben nicht erklären, denn der Rest des Gartens war wirklich aufs beste bearbeitet worden.

Zu seiner Rechten fiel ihm nun eine große Terrasse auf, die sich direkt am Haus befand.

Auf einer Sonneninsel, wie eine Gartenmuschel ausgebaut, sah er, dass sich jemand dort offenbar zum Ausruhen hingelegt hatte.

Langsam ging er auf die schlafende Person zu.

„Halloooo", sagte er sachte, während er sich näherte.

War das Frau Waldhof?

Wenn ja, war sie zumindest unglaublich jung, denn er schätzte die Schlafende auf nicht älter als sechzehn Jahre. Sie hatte ein hellblaues, weites Kleid an mit passenden Espandrillas, auf ihrer Brust lag ein Buch, das sie wohl gelesen hatte (wahrscheinlich nicht unbedingt spannend) und ihre blonden Haare waren zu einem langen Zopf geflochten, der neben ihr zu liegen kam. Alles in allem war sie eine Schönheit.

„Frau Waldhof?", fragte Ben etwas lauter, obwohl er schon ahnte, dass diese Frau nicht Frau Waldhof sein konnte.

Langsam wurde sie wach und ein fragender Blick aus himmelblauen Augen traf ihn.

Erschrocken setzte sie sich auf.

Ben streckte die Hände vor, um zu zeigen, dass er ungefährlich war. „Entschuldigen Sie, ich wollte nicht stören. Ich bin der Gärtner."

Er bückte sich und hob das Buch auf, das bei ihrem Aufwachen heruntergefallen war. Interessiert drehte er es hin und her und las den Titel. „Oh, Goethe, kein Wunder, dass Sie eingeschlafen sind."

Es kam Leben in die Frau. Sie erhob sich, strich sich durch das lange Haar und ergriff dann mit einem dankbaren Nicken das Buch, das der ihr hinhielt.

„Ja, Iphigenie auf Tauris ist nicht das fesselndste Buch, das ich mir vorstellen kann", bestätigte sie. Etwas verlegen hielt sie ihm die Hand hin. „Ich bin Rosa Waldhof. Aber wenn Sie der Gärtner sind, dann suchen Sie meine Tante, Adela."

„Ah, verstehe." Ben ergriff die Hand und drückte sie. Diese Rosa war entzückend. Wenn die Tante ebenso war, würde er gerne hier arbeiten. Er lächelte. „Ich habe angeklingelt, aber mir hat niemand geöffnet. Wo finde ich Ihre Tante?"

Sie deutete auf den Garten und meinte: „Bitte sehen Sie sich schon mal um, ich werde sie holen."

Damit ging sie ins Haus und ließ ihn stehen. Schade eigentlich. Er hätte sich gern länger mit ihr unterhalten.

Während er also die Rosen am Pavillon inspizierte, gewahrte er, dass eine Frau auf ihn zukam, die vom Alter her jetzt nur wirklich die Gesuchte sein konnte.

Adela Waldhof hatte ihr silberblondes Haar zu einem losen Knoten zusammengesteckt und trug ein leichtes Sommerkleid in irisierenden Fliederfarben, zudem einen langen Seidenschal, der sich nur minimal in der Farbe zum Kleid unterschied. Sie wurde von der Sonne angestrahlt und kam ihm fast unwirklich vor. Er blinzelte.

„Ach, schön, dass Sie kommen konnten", begrüßte sie ihn und wies auf die Hecke und den Pavillon. „Wie Sie sehen, macht die Hecke große Probleme. Und der Rosenbogen..."

Jetzt bemerkte Ben erst, dass der von ihm so genannte Pavillon aus mehreren Rosenbögen bestand. Eine sehr schöne Idee, fand er.

Sie wurden sich sehr schnell einig, welche Vorstellungen Frau Waldhof hatte und Ben konnte beginnen, die verwahrloste Hecke zu schneiden.

Nachdem er fast zwei Stunden konsequent gearbeitet hatte, tauchte plötzlich Rosa Waldhof wieder auf. Sie brachte ihm etwas zu trinken.

„Ich hoffe, Sie mögen Limonade", meinte sie schüchtern, als sie ihm ein großes Glas mit eisgekühltem Inhalt reichte.

„Danke", brachte er hervor und nahm einen tiefen Schluck. „Das ist wirklich gut!"

Nach ein paar Sekunden wies er auf die Hecke. „Wieso ist sie nicht geschnitten worden? Der Rest ist doch mit viel Liebe hergerichtet."

Rosas Blick glitt von der Hecke zu Bens braunen Augen. „Unser Gärtner, Paolo, ist nur 1.45 Meter groß. Er schafft es einfach nicht. Beim Rest ist er aber sehr genau."

Das konnte Ben bestätigen. Es gefiel ihm sehr, wie der Garten angelegt worden war.

„Ihre Tante will also ein Gartenfest feiern?", wollte er dann frech wissen. „Unter dem Rosenbogen?"

Rosa wurde rot. Erstaunlicherweise fand er das extrem reizvoll.

„Wir feiern meinen achtzehnten Geburtstag", gab sie leise zu. „Alle anderen Tanten kommen. Und alle lieben Rosen."

„Das geht mir genau so", grinste Ben und hoffte, sie würde die Anspielung auf ihren Namen verstehen.

Sofern das ging, wurde sie noch eine Spur roter im Gesicht und sah zu Boden.

„Wirklich?", wisperte sie.

„Wirklich", bestätigte er mit klarer Stimme. Dann räusperte er sich. „Sag mal, was machst du denn heute Abend? Hast du Lust, mit mir etwas trinken zu gehen?"

Mit großen Augen starrte Rosa ihn an, so als wäre er der erste Mann, der ihr ein Date angeboten hatte.

Eine volle Minute lang konnte sie nicht reden.

„Das wäre wirklich sehr schön", meinte sie dann leise.

Er lachte laut. „Ja, richtig! Darf ich dich um 20.00 Uhr abholen?"

Sie nickte, während sie das nun leere Glas von ihm annahm und sich anschickte, ins Haus zurückzukehren.

Ben nahm die Arbeit wieder auf und kürzte die Hecke in rasantem Tempo. Gegen 17.00 Uhr kehrte er alle Überbleibsel zusammen und versprach Frau Waldhof, gleich morgen Früh weiterzuarbeiten.

Seinem Vater berichtete er über den Garten und erklärte ihm, er wäre noch morgen damit beschäftigt.

Dann fuhr er heim und machte sich für sein Date fertig.

Er freute sich auf Rosa, sie war ihm nicht mehr aus den Gedanken gegangen, seit er sie schlafend in der Gartenmuschel gefunden hatte. Und sie schien nett zu sein.

Gegen 20.00 Uhr traf er mit seinem eigenen Auto, einem gebrauchten Kleinwagen, am Waldhof'schen Wohnhaus ein und wurde sogleich Rosa gewahr, die anscheinend auf ihn gewartet hatte. Schnell glitt sie auf den Beifahrersitz und schnallte sich an.

Ben begrüßte sie herzlich und fuhr dann los. Er hatte sich einen kleinen irischen Pub ausgesucht, von dem er wusste, dass man dort gut sitzen konnte und die Leute cool waren.

Rosa nahm alles mit großen Augen wahr, es erstaunte ihn, dass sie so offenherzig war und ihre Reaktionen so ehrlich. Seine frühere Freundin machte eher einen auf Tussi und kam dementsprechend sehr schauspielerisch daher, was auch der Grund für die Trennung gewesen war.

„Erzähl mal", bat er sie, nachdem er einen alkoholfreien Cocktail geordert hatte. „Was machst du so?"

Sie sah ihn lange an, bevor sie antwortete. Fast dachte er, es käme nichts mehr. Sie blinzelte nicht einmal. „Nicht viel. Ich mache noch Abitur."

„Oh, toll", meinte er lächelnd. „Auf welches Gymnasium gehst du denn?"

Wieder dauerte es etwas, bis Rosa eine Antwort fand. Das Thema schien ihr peinlich zu sein.

„Ich gehe nicht auf ein Gymnasium. Meine Tante hat eine Sondergenehmigung, mich zuhause zu unterrichten", gab sie scheu zu. „Die Prüfung muss ich allerdings vor einer Lehrerkommission ablegen."

Ben war verwundert. So eine Sondergenehmigung gab es nicht oft, wusste er. Warum hatte gerade Rosa eine bekommen?

„Dann gehst du bestimmt nicht oft aus", mutmaßte er.

Sie wurde wieder rot.

Süß, fand er.

„Nein." Rosa schaute auf ihr Getränk und spielte mit dem Strohhalm. „Ehrlich gesagt, gar nicht. Das ist das erste Mal."

Fast hätte er sich verschluckt. Das erste Mal?

„Wirklich?", wollte er wissen.

Sie nickte.

„Cool." Ben lächelte sie an. „Ich fühle mich geehrt. Aber ich verstehe es nicht. Du bist doch so eine hübsche Frau, warum lässt du dich von deiner Tante so abschotten?"

Mit wachen Augen beobachtete Rosa die Menschen um sie herum, bevor sie auf Bens Frage mehr oder weniger antwortete. „Ehrlich gesagt, ich bin ihr weggelaufen. Sie weiß nicht, dass wir hier zusammen sind."

Jetzt vergaß Ben wirklich zu schlucken und begann zu husten. Erst als er sich wieder unter Kontrolle hatte, konnte er wieder sprechen. „Heißt das, sie wird hier gleich auftauchen, weil sie widerrechtlich eine Tracking-App auf deinem Handy installiert und dich geortet hat?"

„Ich habe gar kein Handy", stotterte Rosa und nippte an ihrem Getränk.

Wenigstens davon wurden sie verschont, stellte Ben insgeheim fest. Aber was war los? Warum durfte Rosa nicht ausgehen?

Okay, so lange sie selbst nicht damit herauskam, würde er nicht nachfragen. Das gehörte sich irgendwie nicht, fand er.

Geschickt wechselte er das Thema und begann von seiner Arbeit zu sprechen. Und darauf, dass ihm ihr Garten sehr gefiel.

Mit leuchtenden Augen erzählte Rosa, dass ihre Tante alles selbst geplant hatte und viel Wert auf die Pflege des Gartens legte. Sie erzählte auch von Paolo, dem Gärtner, zu dem sie offenbar viel Kontakt hatte und der ihr bei der Aussprache der spanischen Lektionen zu helfen schien.

74

Ben mochte es, wie sie da von sich erzählte. Er war dabei, sich völlig in Rosa zu verlieben.

Und sie hatte ihn wohl auch gern, wie er insgeheim feststellte. Sie sprachen über Gott und die Welt und die Zeit verging wie im Fluge.

Gegen 23.00 Uhr sprach Ben vorsichtig die Frage des Heimweges an und war erstaunt, dass Rosa ganz gelassen darauf reagierte.

Er zahlte und beide bestiegen das Auto; er fuhr los.

Eine Weile lang lauschten sie der Musik aus dem Autoradio, dann wollte Ben wissen, was wohl jetzt die Tante sagen würde.

Er bekam keine Antwort.

Ein Blick neben ihn löste das Rätsel: Rosa war eingeschlafen!

Mit einem Kichern fuhr er weiter, bis sie vor dem Waldhof'schen Haus standen.

Dann stupste er Rosa vorsichtig an. „Rosa, wir sind da!"

Sie schreckte hoch, wusste offenbar erst nicht, wo sie war.

„Bin ich eingeschlafen?", wollte sie atemlos wissen.

„Nicht so schlimm", beschwichtigte er sie. „Wir sind jetzt vor deinem Haus."

Warum sie jetzt so peinlich berührt war, verstand er nicht. Auch nicht, warum sie jetzt wie verrückt an dem Türöffner nestelte. Wollte sie so dringend weg?

„Warte", hielt er sie auf. Und als sie innehielt, beugte er sich zu ihr herüber. „Das hat mir wirklich gut gefallen. Können wir das wiederholen?"

Entgeistert starrte sie ihn an.

„Ja", hörte er sie flüstern.

Glücklich darüber küsste er sie vorsichtig und öffnete dann die Beifahrertür. „Wir sehen uns morgen!"

Langsam stieg Rosa aus dem Wagen und als sie auf dem Gehsteig stand, kam Leben in sie und sie rannte wie von der wilden Hummel gestochen ins Haus.

Am nächsten Morgen öffnete Frau Adela Waldhof auf sein Klingeln die Tür und geleitete ihn in den Garten, als wäre nie etwas gewesen. Vielleicht hatte sie gar nicht mitbekommen, dass ihre Nichte gestern getürmt war.

Rosa allerdings bekam er den ganzen Tag nicht zu Gesicht. Durfte sie nicht rauskommen oder wollte sie nicht?

Am frühen Nachmittag war er mit der Hecke durch und jetzt konnte er sich dem Rosenbogen widmen.

Vorsichtig begann er damit, einzelne übrige Zweige zu entfernen und piekste sich nach und nach häufiger an den spitzen Dornen.

„Machen Sie mal Pause!", erschreckte ihn die Stimme von Frau Waldhof plötzlich und er stach sich in den Daumen.

Einen Fluch unterdrückend ließ er die Gartenschere sinken, riss sich den Handschuh herunter und steckte den Daumen in den Mund.

Die Dame stand vor ihm, hielt ein kaltes Getränk in der Hand und sah ihn an. Heute kam sie ihm etwas reservierter vor.

Auch ihre Stimme war kühler. „Haben Sie sich verletzt?"

Er schüttelte den Kopf und griff nach dem angebotenen Getränk. „Nein, vielen Dank."

„Sie waren also gestern mit meiner Nichte aus?", wollte sie mit kaltem Blick wissen.

Diesmal nickte er. „Ja, es war sehr schön." Niemals würde er sich von dieser Frau einschüchtern lassen, das ging ja wohl gar nicht. Er nahm einen tiefen Schluck.

Frau Waldhof seufzte, dann fiel ihr Blick auf den Rosenbogen und ihr Gesicht hellte sich auf. „Oh, das haben Sie aber gut hinbekommen. Es sieht sehr schön aus. Dann können wir ja morgen feiern!"

„Rosas Geburtstag", wusste Ben. „Wie fühlt sie sich?"

„Warum wollen Sie das wissen?" Frau Waldhofs Stimme bekam wieder diesen kühlen Ton. „Das geht Sie nichts an!"

Er runzelte die Stirn. „Das sehe ich aber anders", ließ er sich ebenso kühl vernehmen. „Rosa und ich haben uns gut verstanden und planen, das zu wiederholen. Sie können sie nicht einsperren!"

Die Tante atmete gequält ein und aus. „Sie hat Ihnen nichts erzählt?"

Alarmiert runzelte Ben die Stirn. Was meinte die Frau? War das ein Trick von ihr, um ihre Nichte von Ben zu entfremden? „Nein", meinte er vorsichtig.

Sie nickte. „Ja, das habe ich mir gedacht. Und Ihnen ist nichts seltsam vorgekommen?"

Es gab eine ganze Menge, was Ben seltsam vorgekommen war, aber das war nebensächlich, denn er fand Rosa einfach entzückend. Da rückten solche Sachen wie von selbst in den Hintergrund.

Er wischte sich den Schweiß von der Stirn und atmete seinerseits genervt aus. „Was wollen Sie mir sagen?" Er machte eine kleine Pause. „Ich mag Ihre Nichte und möchte weiterhin mit ihr ausgehen. Nichts, was Sie sagen, könnte mir eine schlechte Meinung von Rosa geben."

„Oh!" Frau Waldhof ging einen Schritt zurück und ihre Augen wurden ganz groß. Sie schluckte. „Offenbar sind Sie ein sehr ehrbarer Mann, das findet sich selten heutzutage." Auf Bens fragende Blicke schien sie nicht einzugehen. „Rosa ist krank. Zu krank, um zur Schule zu gehen und zu krank, irgendwelchen auswärtigen Amüsements nachzugehen. Dass gestern nichts passiert ist, war ein Glücksgriff!"

Ben traf es wie ein Schlag. Rosa war krank?

Er konnte nichts sagen.

Frau Waldhofs Miene war ernst. „Ich sperre sie nicht ein und ich möchte ihr nicht irgendwelche Vorschriften machen, aber Sie müssen verstehen, dass ich besorgt bin. Und deshalb muss ich Ihnen sagen, dass es besser ist, wenn Sie sich nicht mehr sehen."

Sie deutete auf den Rosenbogen. „Ihre Arbeit haben Sie hervorragend gemacht und ich bewundere Sie. Aber jetzt ist es besser, Sie gehen. Die Rechnung kann mir Ihre Firma schicken, ich werde umgehend und großzügig überweisen."

Mit einem Ruck nahm sie ihm das halbleergetrunkene Glas ab, drehte sich um und verschwand im Haus.

Eine Weile noch stand Ben wie vom Blitz getroffen da, dann räumte er die Gartenabfälle auf, packte sein Werkzeug ein und verließ das Grundstück, nicht ohne sich nochmals umzudrehen, ob er nicht vielleicht doch noch auf Rosa treffen konnte.

Auf dem Weg nach Hause fiel ihm ein, dass er gar nicht gefragt hatte, an was Rosa litt.

Nach einer durchwachten Nacht rief er am nächsten Morgen seinen Vater in der Baumschule an und erklärte ihm, er könne heute unmöglich zur Arbeit kommen.

Selbstverständlich war Heinz König nicht begeistert. Er achtete darauf, dass sein eigener Sohn sich genau so verhielt wie jeder andere Angestellte. Und jetzt wollte Ben Sondervergünstigungen haben?

Aber Ben bestand darauf, heute einen Urlaubstag zu nehmen. Zwar kam das sehr plötzlich, aber er habe etwas zu tun.

Mit einem Grummeln im Bauch gab sein Vater schließlich nach. Aber dass das nicht zur Gewohnheit werden solle, schob er noch hinterher.

Ben bedankte sich, sagte, er würde gleich noch in die Baumschule kommen, um etwas abzuholen und beendete das Gespräch.

Er schmiss sich in die guten Klamotten und fand sich eine halbe Stunde später dann tatsächlich im Laden ein.

Vor der Tür traf er auf eine etwa fünfzigjährige Dame, die ein grünes Sommerkleid trug, das im Licht der Sonne zu glitzern schien. Galant hielt er ihr die Tür auf.

„Danke", meinte die Dame. „Eine Frage: ich suche noch ein paar schöne Rosen. Können Sie mir dieses Geschäft empfehlen?".

Er bejahte. Rosen hatten sie in allen wunderbaren Farben. Er empfahl ihr die Duftrosen, die seien besonders schön.

Die Dame bedankte sich erneut und er wunderte sich über ihren prüfenden Blick, dann aber vergaß er es schnell wieder und geleitete sie zu seinem Vater, der sie sofort bediente.

Ben hingegen machte sich auch auf zu den Duftrosen. Er stellte sich einen Strauß zusammen von drei unterschiedlichen Farben, die wundervoll miteinander harmonierten.

Seinem Vater legte er zwanzig Euro auf den Tisch, was der mit einem seltsamen Blick quittierte, dann stob Ben zu seinem Auto, das er auf dem etwas um die Ecke gelegenen Parkplatz abgestellt hatte.

Auf dem Weg dahin traf er zwei weitere Damen in Sommerkleidern, eines pfirsichfarbend, das andere in bleichem Gelb, beide wieder so um die fünfzig Jahre. Komisch, hier musste irgendwo ein Nest sein, die sahen sich alle so ähnlich.

Und er registrierte kaum, dass die beiden hinter ihm herschauten.

Indem er um die Ecke bog, sah er noch weitere drei Damen, die den anderen unglaublich ähnelten, da sie genau im selben Alter schienen und ebenfalls duftige Sommerkleider trugen, jedes in einer anderen Farbe, kornblumenblau, mohnrot und orange. Wuchsen die etwa auf Bäumen?

Er schüttelte den Gedanken ab, machte das Autoradio ganz laut, sang bei seinem momentanen Lieblingslied mit und beschloss, sich nicht mehr zu wundern.

Das klappte nicht wirklich.

Er sah noch weitere Damen. In gold, minze und pink. Was war hier los?

Grübelnd fuhr er vor dem Waldhof'schen Haus vor, parkte sein Auto ab, nahm seinen Strauß und ging das letzte Stück bis zur Tür eher sachte. Hoffentlich würde ihm Rosa öffnen.

Auf sein Klingeln hin machte eine Frau auf, die er nicht kannte. Sie war in den Fünfzigern und trug ein Sommerkleid in türkis – und sie sah den anderen Frauen, die ihm heute schon aufgefallen waren, ebenfalls unglaublich ähnlich.

Sein Gesicht war ein Fragezeichen.

„Hallo", sagte die Dame und reichte ihm die Hand. „Sie sind bestimmt Ben. Rosa hat mir von Ihnen erzählt. Kommen Sie doch herein! Ich bin Agnetha Waldhof, Rosas Tante. Sie haben den Rosenbogen wirklich hervorragend wiederhergestellt."

Er ließ sich mehr oder weniger ins Haus ziehen, Worte zu formulieren, war gerade nicht wirklich möglich. „Wie viele Tanten hat Rosa eigentlich?", murmelte er, nachdem er seine Stimme wiedergefunden hatte.

Agnetha lachte hell und erfrischend. „Ach, die anderen haben Sie schon kennen gelernt?"

Wieder konnte er nur den Kopf schütteln. „Nicht wirklich", murmelte er.

Eine weitere Tante kam in den Flur. Sie trug ein hellrotes Sommerkleid. „Sind wir dann komplett?", fragte sie freundlich.

Tante Agnetha bestätigte und zog Ben in Richtung Garten.

Er bekam fast einen Schlag! Da standen alle Frauen, die er heute schon getroffen hatte, unter dem Pavillon-Rosenbogen und jede trug eine Rose in der Hand, ein Meer aus duftig-farbigen Sommerkleidern, die passenden Seidenschals hatten sie im Dach verflochten.

Die beiden Tanten drängten Ben in die Mitte des irrationalen Reigens und lächelten ihm zu.

Dann kam Frau Adela Waldhof mit Rosa.

Sie sah umwerfend schön aus.

Zur Feier des Tages trug sie ein rosafarbenes leichtes Sommerkleid und ihre Haare glänzten wie gesponnenes Gold in der Sonne.

„Herzlichen Glückwunsch zum Geburtstag!", tönte es laut aus allen Kehlen und Ben stieg mit dunkler Stimme ein.

Rosa blieb stehen, genoss das Bild und rannte dann auf den Rosenbogen zu.

Es endete in einer riesengroßen Gruppenkuschel-umarmung, in der sich Ben bei so vielen Damen ein wenig fehl am Platz vorkam.

Irgendwann stand Rosa vor ihm.

Ohne Worte reichte er ihr seinen Blumenstrauß, den sie verzückt an die Nase führte und tief einatmete.

Dann reichte sie ihn an Tante Adela weiter und Ben nutzte die Gelegenheit, sie zu umarmen und zu küssen.

Weder er noch sie bekamen mit, dass sich die Tanten um sie herum an den Händen fassten und im Kreis um sie tanzten, sie fast mitwirbelten, irgendein Lied singend, das er noch niemals gehört hatte.

Fast kam es Ben so vor, als ob Rosa die Knie einknicken

wollten, aber er hielt sie eisern fest und ließ sie nicht los.

Eine Weile später drängten die Tanten sie auf die Terrasse und sie setzten sich an einen gedeckten Tisch, wo es ein herrliches Essen gab.

Die Geräuschkulisse gab langsam nach und Ben hatte sich endlich unter Kontrolle, so dass er ein paar Fragen stellen konnte.

Heraus kam aber nur: „Geht es dir gut, Rosa?"

Sie lachte und strahlte ihn an. „Ja, natürlich. Ich bin so froh, dass du da bist!"

Er warf einen kurzen Seitenblick auf Tante Adela, dann nickte er. „Das bin ich auch."

Diese beugte sich zu ihm herüber. „Rosa wollte Sie unbedingt dabei haben", erklärte sie, aber warum sie dabei so warm lächelte, war ihm nicht klar.

„Sie hatten doch gesagt...", begann er, wurde aber von ihr unterbrochen.

„Ja, ich weiß, aber meine Schwestern haben mich eines Besseren belehrt." Sie deutete auf die anderen Tanten.

„Sie sind eine große Familie", brachte er nur hervor und nahm einen großen Schluck Limonade. Dann zählte er durch: grün, pfirsichfarbend, gelb, kornblumenblau, mohnrot, orange, gold, minze, pink, türkis, hellrot und fliederfarben. Zwölf Tanten! Wer zum Teufel hatte denn zwölf Tanten?

Die Frau in türkis, Tante Agnetha, näherte sich ihrem Platz, stupste Ben kurz auf die Schulter und meinte dann entschuldigend zu Rosa: „Darf ich ihn kurz entführen?"

Rosa nickte. „Aber bring ihn heil zurück", bat sie.

Die Tante lachte laut. „Aber sicher. Es ist ja noch nicht dunkel."

Was das nun heißen sollte, wollte Ben lieber nicht wissen. Die machten bestimmt nur Scherze.

Mit einem unguten Gefühl begleitete er die Tante, ließ sich von ihr in den hinteren Teil des Gartens führen.

Als sie abrupt stehen blieb, sah er sie abwartend an.

„Meine Schwester Adela hat mir erzählt, was vorgefallen ist", begann die Frau und verschränkte ihre Hände im Rücken. „Ich habe dann mit den anderen gesprochen und wir haben entschieden, dass Rosa leben und lieben kann, wie und wen sie will. Sie mag Sie wirklich sehr."

Ben nickte. „Ich sie auch."

Agnetha lachte. „Ja, das haben wir bemerkt." Sie wurde wieder ernst. „Aber Adela hat recht, Rosa ist krank und wir verlangen, dass Sie darauf Rücksicht nehmen."

Sofort wurde Ben ernst. „Natürlich, was denken Sie denn von mir! Aber Ihre Schwester hat nie gesagt, was Rosa eigentlich hat. Sie kommt mir nicht krank vor!"

„Ach", wunderte sie sich. „Rosa hat erzählt, sie sei in Ihrem Auto eingeschlafen. Auch in dem Pub hatte sie einen kleinen Sekundenschlaf. Wir dachten, Sie wüssten Bescheid."

„Nein", sagte Ben leise. „Ich verstehe das auch noch immer nicht. Sie ist halt kurz eingeschlafen, das ist doch nicht schlimm."

Die Tante drehte sich ihm zu und sah ihn so eindringlich an, dass ihm ganz anders wurde.

„Ich hoffe, Sie erinnern sich immer daran, was Sie gerade gesagt haben", sagte sie mit Nachdruck. „Denn das kann immer wieder passieren. Rosa hat Narkolepsie, sie schläft tagsüber zu allen möglichen Gelegenheiten einfach ein. Es kommt vor, dass es so aussieht, als würde sie lange nachdenken, das ist dann ein Sekundenschlaf, dann kippt sie aber vollständig weg, so dass sie tief schläft. Wie Sie sich denken können, ist das auch manchmal recht gefährlich. Deshalb waren wir uns auch immer einig, dass Rosa unter Kontrolle blieb. Adela hat sich angeboten und wir besuchen beide regelmäßig."

Narkolepsie? Rosa schlief ein? Mehrfach? Tagsüber?

„Das ist alles?", brachte er hervor. „Sie schläft ein? Kein Hirntumor, keine Herzkrankheit, kein Krebs? Sie schläft einfach nur ein?"

Agnethas Blick wurde missbilligend. „Das ist keine scherzhafte Erkrankung! Es kann sehr ernst werden, wenn ihr das beispielsweise auf der Treppe passiert!"

Ben entschuldigte sich sofort. „Das meinte ich nicht. Ich war nur erleichtert, dass es nichts „Schlimmes" ist. Mit Narkolepsie kann man umgehen."

Ihm fiel ein Stein vom Herzen. Hauptsache, er und Rosa konnten zusammen bleiben. Er würde einfach mehr auf sie achten, dass ihr nichts passierte. Das würde er doch schaffen!

Die Tante im türkisfarbenen Kleid lächelte, dann nahm sie Bens Hand und drückte sie. Ja, das war der Richtige für Rosa!

Etwas unangenehm wurde es Ben schon, als sie die Hand immer weiter drückte und nicht losließ.

„Tu ihr weh und du wirst es bereuen", hörte er und erschrak heftig, da er plötzlich glaubte, die Stimme der Tante wäre nur ein dunkles Grollen – und was war mit ihren Augen? Glühten die etwa?

Er schüttelte den Kopf und alles war wieder normal. Agnetha lächelte ihn freundlich an, etwas fragend vielleicht, aber da war kein Grollen oder Glühen. Du lieber Himmel, was er sich da einbildete...

Man ging zu den anderen zurück und er begrüßte das Geburtstagskind mit einem Rückkehrkuss.

Sie lehnte sich sacht an ihn und flüsterte: „Sie haben es dir gesagt, oder?"

Mit einem Mal kam es ihm so vor, als sei es mucksmäuschenstill.

„Ja", wisperte er in ihr Ohr. „Aber das ist nichts, mit dem wir nicht fertig werden, oder?"

Eine Tante applaudierte, dann fielen die anderen mit ein und am Ende war es wieder die Geräuschkulisse, die einem Haufen Menschen entsprach.

Man feierte, aß, trank und unterhielt sich.

„Sag mal", wollte Ben in einem unbeobachteten Moment wissen. „Wie viele Tanten hast du genau? Sind das jetzt alle?"

Sie nickte. „Das sind die Schicksalsschwestern meiner Mutter. Sie wurden alle meine Patinnen und hatten gute Wünsche für mich. Als meine Mutter starb, kam ich zu Tante Adela. Aber die anderen besuchen mich häufig."

Er ließ das mal so stehen, begreifen konnte er es nicht.

Gut, dann hatte seine Freundin eben eine Horde Tanten, das war ihm egal, Hauptsache, sie beide waren zusammen.

Der Tag war wunderschön für alle.

Am späten Abend verabschiedete sich Ben, nicht ohne einen Termin für den nächsten Tag gemacht zu haben. Die Tanten würden dann abgereist sein und Rosa und er konnten den Abend allein verbringen.

Und so wurden sie ein Paar.

Erst Wochen später, als Ben wieder mal zu nachtschlafender Zeit nach Hause fuhr, folgte er einer Radiosendung, die offenbar über paranormale Wahrnehmungen ging.

„Feen leben unter uns!", behauptete da gerade eine Frau mit einer Inbrunst, als hätte sie eben eine getroffen. „Sie sind an ihren farbenfrohen Kleidern zu erkennen, ihrer Liebe zu Blumen und sie bezeichnen sich als Seelenschwestern. Wenn sie dir wohlgesonnen sind, dann bist du ein Glückspilz. Aber wehe, wenn nicht..."

Omas kleines Häuschen

Ich schreckte hoch, als das Telefon klingelte, und für einen Augenblick wusste ich nicht, wo ich war. Dann hatte mich das Leben aber wieder: im Spiegelschrank mir gegenüber sah ich die Abdrücke der Tastatur meines PC, die auf meiner Stirn zu finden waren. Ich war also wieder mal beim Lernen eingeschlafen...

„Roth", meldete ich mich mit belegter Stimme und räusperte mich dann ungelenk.

Die Stimme am anderen Ende lachte leise. „Hast du geschlafen, Röschen?", fragte meine Mutter, als hätte sie es geahnt.

„Erwischt", gab ich zu und wischte mir über die Stirn und die Augen, um richtig klar zu werden.

Wieder lachte meine Mam und ich grinste in mich hinein.

„Du lernst bestimmt wieder bis zum Umfallen", fuhr sie dann weiter fort. „Wie läuft dein Studium?"

Ich stöhnte.

Seit nunmehr fünf Jahren studierte ich Rechtswissenschaften und bereitete mich jetzt auf das Staatsexamen vor. Das bedeutete lernen, lernen und nochmals lernen.

Und natürlich wusste das meine Mam auch.

Wir unterhielten uns noch über dies und das, dann aber wurde meine Mam ernst und berichtete von den Problemen, die sie belasteten.

„Auch wenn es jetzt ganz ungünstig ist", begann sie, „du müsstest mir einen großen Gefallen tun und nach Oma sehen."

„Was ist denn passiert?", fragte ich beunruhigt.

Oma, die Mutter meiner Mam, war bislang sehr rüstig gewesen für ihre siebzig Jahre. Sie lebte in einem kleinen Häuschen am Ende einer Straße, fast schon mitten im Wald, und war körperlich und geistig so fit, dass sie es mit jüngeren problemlos aufnehmen konnte. Das hatte sie schon mehrfach bewiesen.

„Sie hat großen Ärger mit einem Immobilienheini. Ganz offenbar möchte der das Grundstück kaufen und Oma am liebsten in ein Altenheim einweisen", erklärte Mam weiter.

Ich kicherte. „Hoffentlich hat sie ihm die Meinung gesagt!"

„Schon", meinte Mam, relativ ruhig. „Aber er gibt nicht auf. Es wäre mir lieb, wenn du mal nach dem Rechten sehen könntest."

„Aber sicher", stimmte ich zu. Ich könnte eine Pause vom Lernen gut gebrauchen. So langsam wurde ich noch verrückt von dem ganzen Papierkram. Da kam mir eine Abwechslung ganz gelegen.

Und Oma war immer für eine Überraschung gut. Ich liebte es, bei ihr zu sein.

„Treffen wir uns morgen da?", wollte ich wissen.

Es wurde leise am anderen Ende der Leitung.

„Nein, Röschen, das klappt leider nicht." Mam hörte sich seltsam atemlos an. „Dummerweise liege ich im Krankenhaus."

Erschrocken sprang ich auf. „Was ist denn passiert? Geht es dir gut?"

„Ja, alles so weit gut", beruhigte sie mich. Dann erklärte sie mir, dass sie auf einem rutschigen Boden bei der Arbeit ausgeglitten war und mit einem komplizierten Beinbruch jetzt erst einmal flach lag. Sie war vor zwei Tagen operiert worden und musste jetzt noch ein paar Tage im Krankenhaus bleiben. Warum ich das erst jetzt erfuhr, war mir schleierhaft. Sonst erzählten wir uns alles!

Mam bemerkte meine Verstimmung und Sorgen. „Röschen", versuchte sie zu erklären, „meine Arbeitskollegin Rita hat alles für mich erledigt. Ich wollte weder dich noch die Oma beunruhigen. Es geht mir hier gut, aber um Omas Problem kann ich mich hier nicht kümmern."

Ich versprach, dass ich mich am nächsten Morgen sofort auf den Weg machen würde. Eine Lernpause tat mir gut – und wenn es um die Familie ging, hatten wir immer zusammen gehalten.

Und so packte ich alles beieinander, backte noch einen Kuchen und machte mich am nächsten Tag mit meinem Kram auf den Weg.

Als ich aus dem Zug stieg, wartete noch ein längerer Fußmarsch auf mich, da der Bahnhof quasi am anderen Ende des Dörfchens lag, in dem meine Oma wohnte.

Da das Wetter aber schön und lauschig war, freute ich mich auf den Spaziergang und lief los.

Auf meinem Weg traf ich den einen oder anderen von früher und sprach mit jedem ein paar Worte, wobei alle Gespräche immer auf ein Thema kamen: den Immobilienheini! Über den konnte quasi niemand ein gutes Wort sagen.

So langsam war ich ziemlich beunruhigt, da die Leute diesen Mann als skrupellos und aggressiv schilderten. Hoffentlich war mit Oma alles gut...

Ich verließ das Dorf über den Waldweg und folgte dem Pfad, der zum Haus führen sollte.

Als ich ein Geräusch hörte, überlegte ich kurz.

Dann ging alles sehr schnell!

Bevor der rote Sportwagen wie ein aufgeschrecktes Wildschwein aus dem Gebüsch auf dem Weg erschien und mich erwischen konnte, sprang in den Graben und rette mir damit das Leben.

Ohne anzuhalten, fuhr der rote Blitz weiter.

Verdutzt starrte ich hinter ihm her, dann wurde ich wütend! Das war ja wohl der Hammer!

Das war ja schon fast ein Mordversuch!

Mühsam hievte ich mich auf den Weg, sammelte meine Siebensachen wieder ein und murmelte dabei Verwünschungen, die sehr an Paragraphen erinnerten, die ich auswendig lernen wollte.

„Alles in Ordnung?", fragte mich da eine atemlose Stimme und ein Schatten beugte sich über mich.

Ich sah in das Gesicht eines Mannes, der Waldarbeiterkleidung trug. Er hatte braunes, kurzes Haar, funkelnde blaue Augen und einen kräftigen Körper, der sicherlich nicht aus dem Fitnessstudio kam.

Mit sorgenvollem Blick nahm er mich beim Arm, um mich notfalls stützen zu können, falls ich umfiel, nahm ich an.

Ich klopfte mir den Staub aus der Kleidung und nickte ihm zu. „Danke, ja, es geht."

Er stieß die Luft aus. „Ich habe von dort hinten", dabei wies er nach rechts auf eine Lichtung, „gesehen, was passiert ist. Das hätte ins Auge gehen können!"

„Mist!", schimpfte ich, als ich meinen in Alufolie gepackten Kuchen in Augenschein genommen hatte. „Na, den hat es aber erwischt!"

Leider hatte der Kuchen richtig viele Dellen und an einer Ecke war die Folie aufgerissen und Brösel fielen heraus.

„Ja", stimmte der Mann leidvoll zu. „Der sieht nicht so gut aus."

Dann griff er einfach so zu, zog sich ein Kuchenbrösel heraus – einen großen, verziert mit Schokolade – und steckte ihn in den Mund. „Schmeckt aber hervorragend!"

Entgeistert starrte ich ihn an.

Der Typ sah ja ganz nett aus – und auch wenn er meine Backkünste gerade gelobt hatte... Das ging aber gar nicht!

Offenbar merkte er, dass ich seine Frechheit wohl nicht guthieß, so schluckte er den letzten Krümel herunter und hielt mir die Hand hin. „Entschuldige, ich bin Tom Jäger. Und ich finde deinen Kuchen sehr schmackhaft, auch wenn er nicht mehr so toll aussieht."

Ich ergriff die Hand und drückte sie kurz. Er war so nett, man konnte ihm einfach nicht böse sein.

„Linda Roth", stellte ich mich vor. „Und wenn du Lust auf mehr Kuchen hast, kommst du mit mir zu meiner Oma, die am

Ende des Wegs wohnt. Da haben wir Teller und wahrscheinlich auch Kaffee."

Theatralisch griff er sich an die Brust. „Du hattest mich schon mit dem Kuchen, jetzt auch noch Kaffee... Ich glaube, ich habe mich verliebt!" Er lachte.

Ich ebenfalls.

Ohne zu zögern, ergriff er meine Reisetasche, in der ich meine Sachen hatte, während ich den zerdetschten Kuchen trug, der ehemals auf der Tasche lag, und wir gingen fröhlich lachend den Rest des Weges.

Als Oma uns öffnete, fiel ich ihr um den Hals.

Sie hatte sich nicht verändert, die weißen Löckchen kräuselten sich um ihren Kopf und ihre kleine, drahtige Figur steckte in einem blauen Kleid, über das sie eine weiße Schürze trug.

„Röschen!", wunderte sie sich und drückte mich heftig. „Was machst du denn hier?"

„Ich dachte du heißt Linda", ließ sich Tom hinter mir vernehmen und guckte an Oma vorbei.

Umständlich machte ich mich los und sah ihn stirnrunzelnd an. „Rosalind ist mein eigentlicher Name. Aber wolltest du so heißen?"

„Linda passt", grinste er. Dann wandte er sich Oma zu, hielt ihr die Hand hin. „Ich bin Tom Jäger. Ihre Enkelin und ich haben uns auf dem Weg kennengelernt. Sie wurde beinahe umgefahren, ich habe ihren Kuchen gekostet. Und daraufhin habe ich einen Kaffee versprochen bekommen."

Oma bat uns herein und schnaubte.

Wir erfuhren, dass gerade der Immobilienheini bei Oma gewesen war und sie angeschrien hatte. Daraufhin hatte sie ihn mit einem Besen aus dem Haus geworfen. Und er war es dann wohl auch, der mich beinahe umgefahren hatte.

„Dieser Herr Wolf", so hieß der Immobilienheini, wusste Oma, „möchte hier Ferienwohnungen aufbauen, sehr elegant, sehr modern und zusätzlich den Wald abholzen."

„Ja", nickte Tom, „das habe ich auch schon gehört. „Aber der Forst gehört zur Hälfte einer Stiftung, die andere Hälfte ist in

Familienbesitz."

Oma nickte wissend. „In unserem. Mein Mann Eduard, Gott hab ihn selig, hat alles auf mich überschrieben, bevor er von uns ging. Und ich habe vor, alles Rosalind zu vermachen."

„Das wusste ich gar nicht", gab ich verwundert zu.

Als Kind hatte mich so etwas nicht interessiert. Es gab wesentlich schönere Dinge, mit denen ich mir den Tag vertrieben hatte. Und letzte Zeit hatte Oma wohl nicht davon gesprochen. Deshalb war mir das ganz neu.

„Dann kann er Ihnen gar nichts", sagte Tom mit vollem Mund und entschuldigte sich gleich darauf. Aber Oma erzählte, dieser Wolf käme mehrfach am Tag vorbei und wolle sie jedes Mal zwingen, eine Urkunde zu unterschreiben. Einmal hatte er sogar das Ordnungsamt geschickt, in der Hoffnung, die würden Oma für dement oder senil erklären, so dass er vielleicht doch Rechte an dem Grundstück erwerben hätte können.

Das Ordnungsamt musste allerdings einsehen, dass Oma eine resolute Dame war, die sehr gut mit ihrem Leben klar kam, also zogen sie unverrichteter Dinge wieder ab. Sie waren ganz begeistert, wie Oma zurechtkam und lobten sie wohl über den grünen Klee hinaus.

„Es ist gut, dass jetzt jemand bei Ihnen ist, Frau Roth", meinte Tom schließlich. „Die Methoden von Wolf sind ausgesprochen unfein. Ich haben gehört, er arbeitet mit Schlägern zusammen. Wenn ich in der Nähe arbeite, schaue ich ab und zu rein, wenn Sie mögen."

Nett von Tom, das anzubieten. Obwohl ich mir nicht sicher war, ob er vielleicht nur Gratiskuchen oder Kaffee abgreifen wollte.

Er erhob sich, meinte, er müsse jetzt weiterarbeiten und bedankte sich für die nette Gastfreundschaft.

Ich geleitete ihn zur Tür und als er davor stand, fischte er aus seiner Hosentasche einen Zettel, auf den er seine Handynummer schrieb.

„Du kannst dich immer melden, wenn etwas ist", meinte er und drückte mir den Zettel in die Hand. Dann nahm er mich in den

Arm, küsste mich wie selbstverständlich und ging.

Eine Minute lang musste ich mich sammeln, bevor ich wieder ins Haus trat. Der Typ war ja mal mega! Und küssen konnte der...

Drinnen bekam ich gerade noch mit, dass Oma an das klingelnde Telefon ging.

Sie kam gar nicht dazu, etwas zu sagen, ich konnte schon von weitem hören, dass ein Mann sie verärgert anschrie.

Oma hielt den Hörer weg von ihrem Ohr und seufzte, während der Typ einfach weiter schimpfte.

„Das ist er", erklärte sie kopfschüttelnd.

Natürlich konnte das nur der Immobilienheini sein!

Ich griff mir den Hörer und lauschte, wie Herr Wolf gerade zorngeladen schmetterte: „Leute wie Sie esse ich zum Frühstück!"

„Roth", sagte ich in das Telefon, ein wenig ungehalten, muss ich zugeben. „Wer ist dran?"

„Das wissen Sie doch genau!", knurrte mich der Mann am anderen Ende an.

„Wenn Sie der Typ sind, der mich eben beinahe umgefahren hat", gab ich ebenso knurrig zurück, „dann machen Sie sich darauf gefasst, dass ich Sie anzeigen werde, Paragraph 315c I Nr. 2d, Gefährdung des Straßenverkehrs oder auch Paragraph 224 StGB, versuchte gefährliche Körperverletzung. Den Führerschein sind Sie dann sowieso los, Paragraph 69 StGB. Und außerdem haben Sie nicht einmal angehalten, das ist Entfernen vom Unfallort und unterlassene Hilfeleistung."

„Was?", brüllte Herr Wolf. „Sind Sie verrückt?"

„Ganz im Gegenteil", war meine Antwort. „Hören Sie auf, hier anzurufen, sonst kommt noch Nötigung hinzu, Paragraph 240 StGB, oder Stalking. Das Recht steht da auf unserer Seite. Guten Tag!"

Damit legte ich auf.

„Stalking?", wunderte sich Oma.

Ich zuckte die Schultern. „Paragraph 238 StGB, Nachstellung. Es gibt Gesetze gegen so etwas."

Offenbar glaubte mir Oma, denn sie nickte und schickte sich an, die Küche in Ordnung zu bringen.

Sie zeigte mir die Unterlagen, die Herr Wolf dagelassen hatte und die sie unterzeichnen sollte.

Mich packte bei der Durchsicht die kalte Wut. Wenn Oma das unterschrieben hätte, wäre sie jetzt schon auf dem Weg in ein Altenwohnheim, das Herr Wolf zum Austausch gegen das Grundstück, das Haus und den Wald zu einem Drittel bezahlen wollte, für genau zwei Jahre. Danach wäre sie selbst dafür verantwortlich. Das war ja einfach eine Frechheit!

„Ich bin zu jung für ein Altenheim", meinte Oma nur lapidar dazu. „Ich bleibe hier und unterschreibe gar nichts für diesen Schnösel! Und eine Ferienhaussiedlung kommt hier schon gar nicht hin!"

„Warst du schon bei der Polizei?", fragte ich sie.

Sie negierte. „Eigentlich habe ich gedacht, der würde von selbst einsehen, dass sein Plan hier nicht aufgeht."

Ich beschloss, das gleich morgen in Angriff zu nehmen, und Oma stimmte zu. Sie war das Theater, das dieser Wolf hier abzog, endlich leid.

Wir machten es uns gemütlich.

Ich bereitete mein Zimmer vor, das ich immer bewohnte, wenn ich zu Besuch kam, und packte meine Sachen aus.

Abends kochten wir noch etwas Nettes zusammen und gingen dann früh ins Bett, wo ich noch etwas in meinen Büchern schmökerte.

Lange hatte ich noch nicht geschlafen, als mich ein ungewohntes Geräusch aus dem Schlaf riss.

Richtig, die Geräusche hier waren anders als in meiner kleinen Wohnung, aber das hörte sich hier gerade so an, als wäre jemand draußen!

Ohne Licht zu machen, stand ich auf und tastete mich die Treppe hinunter.

Vor den Fenstern, an denen keine Jalousien waren, konnte ich jemand huschen sehen.

Die Angst überkam mich wie ein kalter Guss eisigen Wassers.

Für einen Augenblick lang war ich wie festgefroren, dann aber kam Leben in mich.

Ich war für Oma und mich verantwortlich, ich musste jetzt und hier etwas unternehmen.

Auf dem Herd konnte ich im Dunkeln die Pfanne ausmachen, die wir für das Abendessen gebraucht, dann gespült und dort hingestellt hatten.

Meine rechte Hand schloss sich um den Griff, während ich leise zur Hintertür schlich.

Ebenso leise öffnete ich diese und glitt um die Ecke.

Direkt vor mir stand eine Figur, offenbar ein Mann, der Statur nach. Und er war nicht allein. Er sprach mit einem anderen.

„Mach jetzt endlich!", raunte einer der beiden verstimmt, während der Mann, den ich ausmachen konnte, irgendwas am Boden anbrachte und herumwurschtelte.

Mit einem regelrechten Kriegsschrei stob ich auf die Gestalten zu, schwang die Pfanne und traf irgendwas, schwang sie weiter – natürlich mit Geschrei – und traf wieder etwas. Was es nun war, konnte ich nicht sehen – es war auch egal, ich musste die Bedrohung beseitigen, da konnte ich keine Rücksicht nehmen auf irgendwen oder irgendwas.

Ich schlug so oft zu, bis dass ich registrierte, dass einer der Männer auf dem Boden lag, der andere sein Heil in der Flucht suchte.

Dann ging innen das Licht an, eine Minute später erschien Oma, die ihrerseits einen Besen schwang.

Nun konnte ich auch einen Blick auf den am Boden liegenden Mann werfen, den ich offenbar am Kopf erwischt hatte, denn er blutete. Und er war ohne Bewusstsein.

Mit einer Energie, die ich mir selbst nicht zugetraut hätte, reichte ich Oma die Pfanne, die leider sehr verbeult aussah, und zog den Mann in Richtung Küche.

Dort wusch ich ihm mit einem nassen Trockentuch das Blut aus dem Gesicht und fand eine kleine Platzwunde am Hinterkopf.

Mit einer Wäscheleine fesselte ich den Mann an einem Küchenstuhl, bevor ich ruhig durchatmete.

Oma stand immer noch da und starrte mich fassungslos an.

„Was hast du für große Augen?", fragte ich sie und kicherte irre, angesichts dieser Situation.

Sie stellte kopfschüttelnd Pfanne die und den Besen weg und gemeinsam sahen wir uns den Mann an, den ich gefangen hatte.

Er hatte kurze schwarze Haare, in denen jetzt Blut klebte, trug eine Jeanshose, ein T-Shirt von unidentifizierbarer dunkler Farbe und eine Lederjacke. Wir kannten ihn beide nicht. Noch immer war er ohne Besinnung und hing in dem Stuhl, atmete aber regelrecht.

„Der Kerl riecht nicht gut!", stellte Oma fest und runzelte die Stirn.

„Was hast du für eine große Nase?", witzelte ich, wurde dann aber sofort wieder ernst, denn der Typ roch wirklich nicht gut.

„Benzin", mutmaßte ich.

In dem Augenblick klopfte es wild an unserer Tür und eine Stimme schrie: „Frau Roth, Linda! Ist alles in Ordnung? Öffnet sofort!"

Ich sah Oma an. „Das ist Tom. Ich erkenne seine Stimme wieder. Was macht der denn hier?"

Oma zuckte die Schultern und schickte sich an, die Tür zu öffnen.

Tom stob hinein, warf einen Blick auf uns Frauen, die wir in Nachthemden dastanden, dann auf den gefesselten Typen und schüttelte den Kopf. „Was ist denn hier passiert?"

Erst da bemerkte ich, dass er eine Pistole in der Hand hielt, die er schnell zu verstecken suchte.

So schnell, dass es für uns andere kaum zu sehen war, hatte Oma wieder den Besen zur Hand und drohte damit. „Dass Sie nicht echt sind, habe ich sofort bemerkt!", sprach sie Tom an. „Sie haben zu weiche Hände für einen Waldarbeiter. Sagen Sie uns, wer Sie sind und was Sie hier tun!"

Tom wich einen Schritt zurück und streckte die Hände vor, um zu zeigen, dass er völlig harmlos war. Er lächelte etwas. „Ja, das stimmt. Ich bin kein Waldarbeiter." Langsam griff er in seine Jackentasche und holte einen Ausweis hervor, den er hoch hielt. „Ich arbeite für den Zoll. Wir sind hinter Friedrich Wolf her." Er deutete auf den gefesselten Mann. „Mein Kollege hat jetzt wohl den anderen Verbrecher geschnappt. Wir haben gesehen, wie sie sich angeschlichen haben und dass sie das Haus anzünden wollten."

„Kollege?", fragte ich.

„Haus anzünden?", fragte Oma. Beides zur gleichen Zeit.

„Ja", knurrte Tom. „Und wir haben auch gesehen, wie du, Linda, wie eine Wilde aus der Hintertür gestürmt bist und den Ninja gespielt hast! Bist du eigentlich wahnsinnig? Was da alles passieren könnte!"

Im Rahmen der Haustür erschien ein anderer Mann, der einen lädierten Kerl in Handschellen mit sich führte.

„Kunz, Zoll", stellte er sich knapp vor. „Ist die Situation hier unter Kontrolle?"

„Nein." Oma sank auf einen Küchenstuhl. „Mein Haus ist eindeutig zu voll! Und es ist mitten in der Nacht! Und wir sind unpassend angezogen!" Sie machte eine winzige Pause. „Und meine Pfanne ist kaputt!"

„Gute Frau", sagte Kunz mit Nachdruck. „Ihre Pfanne ist leicht auszutauschen. Aber beinahe wäre Ihr Haus angezündet worden! Zum Glück waren wir ja da!"

Ich schnaubte.

Die beiden waren aufgetaucht, als alles schon in trockenen Tüchern war!

Der von mir gefangene Mann schien aufzuwachen und das war das Zeichen für Tom und Herrn Kunz, den Abtransport einzuleiten.

Relativ schnell kam auch die Polizei und nahm unsere Aussagen auf, den Tatort in Augenschein und gab Tipps, wie wir uns weiter verhalten sollten. Durch die Aussagen der beiden Ganoven und unsere Unterlagen konnten sie aber auf Herrn Wolf schließen und ließen ihn durch Kollegen festnehmen.

So nach und nach leerte sich das Haus, zurück blieben nur

Tom, Oma und ich.

Bei einem Kaffee erklärte er uns, wie der Zoll auf uns aufmerksam geworden war.

Und zwar hatte eine Dame vom Ordnungsamt einen Bekannten beim Zoll angesprochen, von dem sie wusste, dass dieser hinter Herrn Wolf her war. Und das hatte Tom und seinen Kollegen auf den Plan gerufen. Sie hatten sich als Waldarbeiter getarnt in der Nähe auf die Lauer gelegt, eigentlich um Schwarzarbeiter auszumachen, die Wolf für sein Projekt „Ferienhäuser" wahrscheinlich angeheuert hatte.

„Sie hatten Recht", grinste Tom Oma an. „Ich habe tatsächlich keine Waldarbeiterhände, aber es war halt eine gute Tarnung. Und ohne das hätte ich nie Ihre wahnsinnig tolle Enkelin kennen gelernt."

Er griff nach meiner Hand und streichelte kurz darüber. „Mir ist das Herz in die Hose gerutscht, als du wie eine Wilde auf die beiden losstürmtest und die Pfanne kreisen ließest. Den Mut hätte ich an deiner Stelle nie gehabt!"

Dann stand er vom Stuhl auf, zog mich hoch und eine Sekunde später an sich.

„Dieser Mut imponiert mir!", raunte er mir ins Ohr. „Rosalind – Linda – Roth, sag mir, dass wir uns weiterhin treffen und schauen, was daraus wird!"

Statt einer Antwort küsste ich ihn. Und er mich.

Im Hintergrund hörte ich, wie Oma am Stuhl rückte, sich in Richtung Treppe bewegte und dann kurz stehen blieb.

Ein Blick in ihre Richtung ließ mich wissen, dass ihr Mund offenstand, wie sie uns so beobachtete.

„Oma, was hast du für einen großen Mund?", murmelte ich frech mit einem Kichern in der Kehle, bevor ich Tom wieder küsste.

„Du Göre!", knurrte Oma, bevor sie die Treppe hochging. „Die traditionelle Antwort darauf kenne ich auch. Ich brauche dich aber nicht zu fressen! Das macht ja er schon!"

Wenn das Semester ausläuft...

Er saß missvergnügt im VIP-Bereich seiner angesagten Lieblingsdiscothek und starrte auf die Tanzfläche, wo sich im wechselnden Stroboskoplicht die windenden Körper junger Menschen im Takt zur Musik bewegten.

Normalerweise genoss er es, hier zu sitzen, den Tanzenden zuzusehen, den Tag ausklingen zu lassen.

Neben ihm saß sein bester Kumpel Stefan, der wie wild mit seiner Freundin Jenny herumknutschte. Diese Jenny hatte er zwar erst gestern kennen gelernt, aber trotzdem waren sie sich schon näher gekommen.

Ion stieß verächtlich die Luft aus. Er gönnte Stefan zwar das Techtelmechtel mit Jenny, aber er war jetzt einfach verstimmt.

Müde nippte er an seinem Drink, hing seinen Gedanken nach und verzog das Gesicht.

„Was ist denn mit dir?", wollte Jenny wissen, die wohl gerade Pause vom Knutschen machte.

„Ach", antwortete Stefan an seiner statt. „Ion ist sauer. Das Auslandssemester nähert sich dem Ende."

„Und dann?", quetschte ihn Jenny weiter aus.

„Was dann?", meinte Ion ungehalten. „Dann muss ich wieder nach Hause!"

Genau das war sein Problem.

Natürlich mochte er sein Zuhause, gar keine Frage. Aber dort war er unter der Fuchtel seines Vaters, der zu allem etwas zu sagen hatte und überall mitbestimmen wollte.

Selbstverständlich liebte Ion seinen Vater ebenfalls, aber er war hier nach Deutschland gekommen, um ihm einfach mal zu entkommen, seiner ewigen Kontrolle.

Ions Vater konnte zwar Deutsch, aber er hatte nicht verstanden, warum sein einziger Sohn plötzlich den Wunsch hatte, im fernen Deutschland ein Auslandssemester Architektur zu studieren, wo sie in seinem Land doch die beste und schönste Architektur vor der Nase hatten. Also hatte er alles daran gesetzt, es seinem Sohn auszureden. Geklappt hatte es nicht und so einigte man sich auf ein Auslandssemester. In diesem war sein Vater aber schon dreimal einfach so angeflogen gekommen, um zu kontrollieren, ob Ion denn nun auch gut studierte und nicht irgendwelchen anderen Kram machte. Geld spielte sowieso keine Rolle, Geld hatte die Familie im Überfluss.

„Wo ist das eigentlich?", wunderte sich Jenny und trank den Champagner in einem Zug aus. Dass sie nicht rülpste, war alles.

Angewidert verdrehte Ion innerlich seine Augen. Er behielt seine Antwort für sich.

„Bestimmt Russland", meinte die neueste Freundin von Stefan. „Du hast so dunkle Haare und faszinierende blaue Augen. Die meisten Russen sind nun mal hübsch und die Frauen fliegen darauf. Außerdem hast du einen niedlichen Akzent."

Jetzt verdrehte Ion die Augen wirklich.

„Bring sie zum Schweigen", zischte er Stefan mit seinem ach so niedlichen Akzent zu, der seinerseits Jenny rasch Champagner nachschenkte.

Wütend starrte er weiter auf die Tanzfläche und ignorierte Jenny.

Er wollte einfach noch eine Weile hier in Deutschland bleiben und das Studentenleben genießen, ohne die dämlichen Kommentare seines Vaters. Nur wie sollte er das anstellen?

Mit einem Mal kam ihm ein Gedanke.

Was wenn...?

Um hierbleiben zu können, brauchte er eine Aufenthaltsgenehmigung. Und die bekam er, wenn er zum Beispiel eine Deutsche heiratete. Da hatte Jenny schon recht gehabt, mit seinen blauen Augen und seinen dunklem Haar, vielleicht auch mit seinem recht locker sitzenden Portemonnaie hatte er noch niemals Probleme gehabt, Frauen anzuziehen, auch wenn er nicht aus Russland kam.

In Sekundenschnelle hatte Ion den Plan ausgebaut: er brauchte nur eine geeignete Frau zu finden, die ihn heiratete, dann konnte er noch länger hier studieren, denn sein Vater würde sich niemals gegen die Liebe entscheiden. Trotz seiner unerbittlichen Kontrollzwänge liebte er seine Frau, Ions Mutter, mit ganzem Herzen, was er immer wieder betonte. Warum sollte er da seinem einzigen Sohn Steine in den Weg legen?

Jetzt war alles klar! Jetzt brauchte Ion nur noch eine Frau!

Er verzog das Gesicht, wenn er darüber nachdachte, dass es vielleicht Vorteile hätte, so ein dummes Ding wie Jenny zu wählen, aber da er schon ein bisschen mehr als ein hübsches Gesicht haben wollte, brauchte er sie jetzt nicht fragen, ob sie vielleicht Freundinnen hatte, denen sie ihn vorstellen könnte.

Auf der Tanzfläche gab es eine Menge Frauen, hübsche Frauen, Frauen wie Jenny. Aber die wollte er nicht.

Möglicherweise war es besser, in der Uni zu suchen.

Er erhob sich – und verharrte.

Sein Blick fiel auf eine junge Frau, die er vorher nicht gesehen hatte, da sie von anderen verdeckt worden war.

Sie hatte lange, kastanienbraune Haare, die manchmal rot, manchmal golden aufblitzten, eine schlanke Figur mit Rundungen an den besten Stellen und tanzte mit zurückgelegtem Kopf und geschlossenen Augen fast wie hypnotisiert rhythmisch zur Musik. Und das tat sie in unglaublich hohen Damenschuhen, die Ion jetzt erst auffielen. Jede andere wäre umgefallen in diesen Schuhen, aber sie bewegte sich anmutig und sicher, als wäre sie darin geboren worden.

Ion liebte gutes Schuhwerk, eine Verhaltensweise, die er unbeabsichtigt von seinem Vater übernommen hatte.

Er sah schon auf die Entfernung, dass ihre Schuhe eine ausgezeichnete Verarbeitung hatten und quasi für ihre Füße wie handgemacht waren.

Mit einem Ruck setzte er sich in Bewegung, drängte sich durch die Menge der tanzenden Menschen und kam endlich bei ihr an. Lässig stupste er sie an der Schulter an und beobachtete erwartungsvoll, wie sie ihre Augen aufschlug und ihn verwirrt ansah.

„Ich wollte dich auf einen Drink einladen", sagte er nahe ihrem Ohr, laut und aufgrund der lärmenden Musik, und deutete auf den VIP-Bereich.

„Danke, das ist nett", hörte er sie leise sagen und genoss ihr Lächeln.

Was dann anschließend kam, ernüchterte ihn.

„Tut mir leid, ich trinke nicht."

Sie lächelte ihm nochmals zu, drehte sich um und tanzte einfach weiter.

Verdutzt starrte er ihren Hinterkopf an.

Das war ihm noch niemals passiert!

Die Frauen trieben sich immer in Scharen vor dem VIP-Bereich herum, warteten darauf, vielleicht eingeladen zu werden und tatsächlich hatte Ion in seinem ganzen Leben noch nie einen Korb bekommen.

Entschlossen stupste er sie wieder an. „Mineralwasser vielleicht?"

Sie sah ihn unwillig an.

„Komm schon!", stöhnte er. „Irgendwas musst du doch trinken!"

Schulterzuckend glitt ihr Blick zu seinen Augen. „Ich bin nur hier, um zu tanzen."

„Gut", ging er darauf ein. „Dann tanzen wir und anschließend trinkst du mit mir etwas, ja?"

Statt einer Antwort bewegte sie sich wieder im Takt zur Musik.

Er bewegte sich ebenfalls rhythmisch und ließ sie nicht aus den

Augen.

Es gefiel ihm, wie sie sich der Musik hingab. Fast sah es so aus, als würde sie ihn ignorieren, nicht nur ihn, eigentlich alle.

Ungefähr zehn Minuten später wurde sie unruhig, schaute sich um und nickte ihm zu. „Du gibst wohl nicht auf. Dann los! Aber nur Mineralwasser!"

Er nahm sie bei der Hand und geleitete sie zu seinem Platz, wo sie sich auf das weiche Sofa setzte und sich staunend umsah.

„Es ist viel ruhiger hier", ließ sich Ion vernehmen und orderte schnell eine Flasche exquisiten Mineralwassers, während er sich direkt neben sie setzte.

Dann wies er auf seinen Kumpel, der mit seiner neuesten Freundin wieder knutschend auf dem anderen Sofa saß und sie beide gar nicht bemerkte. „Das sind Stefan und Jenny. Beachte sie einfach gar nicht!"

Sie lächelte höflich.

Nun hatte er Zeit, ihr Gesicht zu betrachten, ihre grünen Augen, die ihn anstrahlten und die vollen Lippen, die sie manchmal etwas zusammenpresste. Richtig wohl fühlte sie sich wohl nicht hier.

„Ich bin Ion Nicolae Duca", stellte er sich vor und schenkte ihr ein Glas von dem gerade eingetroffenen Wasser ein, um es ihr anzureichen. „Wie ist dein Name?"

„Sinja." Sie nahm das Glas und nippte daran.

Er nickte, das gefiel ihm. „Schön", meinte er lächelnd. „Du tanzt übrigens sehr selbstvergessen, Sinja."

Diesmal nickte sie, behielt das Glas in der Hand. „Danke, wenn das ein Kompliment war. Germanistikstudent?"

Ion lachte. „Nein, Architektur."

Stefan schien gemerkt zu haben, dass sie nicht allein waren und entschied sich, mal mit dem Küssen aufzuhören.

„Hey, wer bist du denn?", fragte Jenny, die sich ebenfalls gefangen hatte.

Sinja wiederholte ihren Namen, nahm noch einen Schluck, bevor sie das Glas auf den Beistelltisch absetzte und erhob sich. „Danke für die Erfrischung", sagte sie in Richtung Ion und winkte ihm kurz zu.

Dann wandte sie sich zu Gehen.

„Hey, geile Schuhe!", rief Jenny noch hinter ihr her, ehe sie in der Menge verschwand.

Zwar sprang Ion noch auf und versuchte, sie zu finden, musste aber enttäuscht aufgeben.

Am nächsten Abend war er wieder in der Disco, wartete an seinem alten Platz und starrte in die Menge.

Den ganzen Sonntag hatte er damit verbracht, nachzugrübeln, wie er Sinja wiedertreffen konnte und war zu dem Entschluss gekommen, dass sie bestimmt wieder in die Disco gehen würde, um zu tanzen. Ihre Worte waren ja gewesen, dass sie nur dazu dort wäre. Also wartete er.

Sinja hatte es ihm angetan. Sie war die perfekte Lösung für all seine Probleme: sie war schön, klug, offenbar eine Deutsche und er hatte keinen Ring an ihrem Finger gesehen – also unverheiratet. Wenn er nun ihr einen Antrag machte, sie beide heirateten, konnte er hier bis zum Ende studieren und erst dann mit ihr zusammen zurück in sein Land gehen.

Dass sie das eventuell gar nicht wollte, kam ihm gar nicht in den Sinn.

Unruhig sah er durch das sich bewegende Volk und suchte sie. Sie musste einfach wieder hier herkommen!

Und er hatte recht!

Kurz vor 23.00 Uhr sah er sie, erhob sich sofort und steuerte auf sie zu.

Wieder tanzte sie, als gäbe es nichts um sie herum und er wartete, bis sie sich ihm zuwandte.

Als sie ihn bemerkte, lächelte sie mild. „Ach, du schon wieder."

Er nickte. „Erst tanzen, dann Mineralwasser?", fragte er mit einem Blitzen in den Augen.

Sie schüttelte den Kopf. „Habe schon getanzt. Ich trinke mit dir ein Wasser, aber diesmal bezahle ich es dir."

Galant begleitete Ion sie zum VIP-Bereich und reichte ihr das schon bestellte Getränk.

„Du brauchst hier nichts zu bezahlen, das ist schon erledigt", ließ er sie wissen und nahm einen tiefen Schluck seines eigenen Getränks. „Wenn ich dich einlade, kann ich dich doch nicht dafür zahlen lassen!"

Etwas unschlüssig neigte sie den Kopf und nippte an ihrem Glas. „Danke schön. Ich lasse mich ungern einladen. Du bist der Einzige, bei dem ich das durchgehen lasse."

Ion lachte. „Ich danke *dir*." Er prostete ihr zu. „Aber lass uns das Thema wechseln. Du weißt schon, dass ich Student bin, was machst du?"

„Arbeiten", sagte sie mit einem Lächeln. „Ich bin quasi in der Schuhbranche." Dabei wippte sie mit ihrem High Heel.

Heute trug sie wieder wunderbare Schuhe, extrem hoch, besetzt mit glitzernden Steinchen. Eine Freude fürs Auge!

„Die gefallen mir sehr gut", bewunderte er sie. „Svarowski-Kristalle?"

Sinja nickte, freudig erstaunt. „Gut erkannt! Du sprichst das eigentümlich aus. Woher kommst du ursprünglich?"

Jetzt lächelte Ion wieder. Was hatte Jenny gesagt? Sein niedlicher Akzent? Vielleicht hatte sie recht gehabt.

„Moldau", meinte er geheimnisvoll.

„Ach, ich dachte, das sei ein Fluss", wunderte sich Sinja.

„Auch", gab er zu. „Aber seit 1991 sind wir die Republik Moldau und unabhängig. Mein Land liegt zwischen Rumänien und der Ukraine."

„Und da studierst du hier in Deutschland?", fragte Sinja weiter.

Er nickte. „Ein Auslandssemester. Aber bald muss ich wieder zurück."

„Schade..." Sinja trank das Glas leer und erhob sich. „Ich hätte dich gern näher kennen gelernt. Du bist ganz nett."

Ion erhob sich ebenfalls. „So schnell muss ich jetzt nicht weg. Wohin willst du?"

„Ich muss gehen." Sie wandte sich dem Ausgang zu.

„Es ist nicht einmal Mitternacht", entgegnete er und fasste sie beim Ellenbogen. „Verwandelst du dich um Zwölf in einen Kürbis oder was ist los?"

Sinja lachte. „Nein, aber ich muss morgen Früh wieder arbeiten." Sie sah ihm tief in die Augen, hauchte ihm einen Kuss auf die Lippen – und verschwand in der Menge.

Als endlich wieder Leben in Ion kam, konnte er sie nicht mehr ausmachen.

Betrübt glitt sein Blick zu Boden. Und dort lag ein kleiner Stein, ein Svarowski-Kristall, der wohl von Sinjas Schuhen gekommen sein musste.

Langsam hob er ihn auf und überlegte, wie dieser Kristall ihm helfen könnte, Sinja zu finden.

Bereits am nächsten Morgen begab er sich früh auf die Suche. Er musste nur alle besseren Schuhgeschäfte aufsuchen, die solche Schuhe, wie Sinja sie getragen hatte, anboten. Und mittlerweile hatte er auch schon zweiundzwanzig dieser Läden abgegrast, aber nicht einen Hinweis auf die Schuhe, noch auf Sinja ergattern können.

Müde betrat er gerade das Schuhgeschäft „Steinberg", das er bislang niemals auch nur in Betracht gezogen hatte. Aber eine nette Verkäuferin hatte ihm dazu geraten, es mal dort zu versuchen, wenn er etwas Außergewöhnliches suchte.

Er musste nicht lange warten, da stoben auch schon zwei Damen auf ihn zu, die unterschiedlicher nicht hätten sein können: die eine war hochgewachsen und dürr, die Haare hingen an ihr herunter wie welk gewordenes Schnittlauch, ihr Kleidung schlotterte ihr um den Körper; die andere war mollig, hatte ihre Haare aufgetürmt wie ein Tannenbaum und ihr Kleid hätte gern auch eine Nummer größer sein können. Aber sie beide lächelten nett und geschäftsmäßig.

„Also", begann Ion. „Ich suche für eine Freundin ganz außergewöhnliche Schuhe. Am besten besetzt mit Steinchen, die in allen Regenbogenfarben glitzern. Haben Sie hier etwas für mich?"

Die beiden Damen sahen sich an und Ion konnte zwischen ihnen beinahe so etwas wie Verwandtschaft sehen.

Dann schreckten alle zusammen.

Aus dem Hinterzimmer kam ein Keifen, das von einer Frau

kommen musste.

„Hast du schon wieder nicht das Fenster im Lager geschlossen?", konnte man deutlich hören. „Die verdammten Tauben fliegen hier herum! Weißt du eigentlich, wie schädlich das für unsere Schuhe ist? Jetzt komm mir nicht damit, das wärst du gar nicht gewesen! Jeder hier weiß, dass du das immer bist."

Und so ging es weiter.

Entsetzt ging Ion einen Schritt zurück. Hier zu arbeiten war wohl kein Zuckerschlecken.

„Unsere Mutter hat einen schlechten Tag", versuchte die Mollige zu vermitteln. „Es hört sich schlimmer an, als es ist."

„Wegen Ihren Schuhen", überlegte die Dürre, „wir hatten mal solche, aber die sind nicht mehr da. Und die waren eine Sonderanfertigung."

Ion nickte. „Können Sie mir sagen, wer die angefertigt hat? Vielleicht kann ich dort nachfragen?"

Beide Damen sahen sich unsicher an.

„Das geht nicht", ließ sich die Mollige vernehmen.

„Produziert nicht mehr", legte die Dürre nach.

Irgendwas stimmte hier nicht, erkannte Ion. Die beiden sahen so aus, als hielten sie Informationen zurück.

Das war sowieso eine bizarre Situation hier mit der keifenden Mutter der Schwestern, die sich immer wieder fragende Blicke zuwarfen, aber nicht mit der Sprache herausrücken wollten.

Im Hintergrund eskalierte die Szene.

Offenbar hatte sich die Mutter in Rage geredet, deutlich daran zu erkennen, dass ihre Stimme immer höher wurde und kreischender – ein unglaublich ekliger Ton in Ions Ohren. Doch jetzt kamen noch Geräusche hinzu, die sich wie Schläge anhörten! Und er glaubte auch einen gequälten Aufschrei von der beschimpften Person zu hören, die bislang gar nicht in Erscheinung getreten war.

Er schüttelte den Kopf. „Das geht gar nicht!"

Mit den Worten ging er schnellen Schrittes neben den Schwestern her und enterte den hinteren Raum, das Lager, wie er durch das Geschrei erfahren hatte.

„Stopp!", brüllte er, als er eine etwa sechzigjährige Dame in einem hochpreisigen Seidenkleid ansichtig wurde, die ihrerseits gerade eine junge Frau mit der flachen Hand ins Gesicht schlagen wollte.

Ion kam die Galle hoch.

Es war Sinja!

Sie hockte in der Ecke, versuchte, ihr Gesicht zu schützen und hatte Tränen in den Augen.

Als er in den Raum gekommen war und gebrüllt hatte, waren beide Frauen erstarrt.

Die Mutter fing sich aber schnell wieder.

„Was wollen Sie hier?", keifte sie in der schrecklichen Stimme. „Es ist hier verboten für Kunden!"

Rigoros drängte er sie weg und half der erschrockenen Sinja auf.

Auf ihrer linken Wange konnte er noch den roten Handabdruck der älteren Frau ausmachen und es widerte ihn an.

„Mir scheißegal", ließ er sich vernehmen. „Was sind Sie denn für eine schreckliche Frau? Legen Sie noch einmal Hand an Sinja und ich zeige Ihnen, wie es ist, von Stärkeren drangsaliert zu werden!"

Sanft zog er Sinja an sich und strich ihr die Haare aus dem Gesicht. „Komm, wir gehen."

Mittlerweile waren auch die Schwestern eingetroffen und starrten mit großen Augen und offenen Mündern auf die Szene.

Es kam Leben in die Mutter.

„Moment mal!", schrie sie und grabschte Ion am Arm. „Sie können ja gehen, wohin sie wollen. Aber das Mädchen bleibt hier!"

Mit einem Ruck machte er sich los und schlug ihre Hand weg.

„Das wollen wir doch mal sehen!" Er machte sich groß, was schon Eindruck machen konnte, denn er war kein kleiner Mann. „Wollen Sie sich mit mir anlegen?"

Die ältere Dame ging erschrocken einen Schritt zurück.

„Das war die klügere Entscheidung", grollte er, drehte sich mit

Sinja im Arm um und warf einen flammenden Blick auf die Schwestern, die ihm, ohne zu zögern, den Weg freimachten.

Ion war mit seinem Schützling noch nicht weit gekommen, da kreischte diese grauenvolle Frau schon hinter ihnen her.

„Sinja, das wirst du bereuen! Außerdem schuldest du mir noch das Geld für die Schuhe, die du ruiniert hast! Komm sofort zurück, sonst rufe ich die Polizei!"

Sinja verkrampfte sich bei den Worten, hielt inne und zwang ihn damit, auch stehenzubleiben.

„Ich habe die High Heels, die du schon kennst, mit den Svarowski-Kristallen verschönert", flüsterte sie ihm zu. „Damit habe ich sie für den Verkauf verdorben..."

Wieder drehte sich Ion mit einem Ruck herum, ließ Sinja mit einem Seufzen los und kramte seine Geldklammer hervor, die reichlich bestückt war. Ruhig zählte er fünfhundert Euro ab und warf sie mit viel Energie der Alten entgegen, bevor er den Rest wieder einsteckte.

„Das sollte reichen", fand er, legte den Arm wieder um Sinja und zeigte mit dem Finger auf die dürre Schwester. „Du bringst mir jetzt pronto die Schuhe, die ich gerade gekauft habe!" Sein Finger wanderte weiter auf die mollige. „Und du kannst schon mal die Polizei anrufen, wenn das deine Mutter will. Ich glaube, die Beamten würden sich für die hier begangene Körperverletzung sehr interessieren!"

Gierig bückte sich die Alte und raffte das Geld an sich. Ihre Hände wandten sich darum wie Klauen.

Und während die dürre Schwester die Schuhe hervorholte, hatte die mollige ein Handy in der Hand und sah ihre Mutter fragend an. Die hingegen schüttelte den Kopf. „Soll sie gehen. Sie wird schon merken, was sie davon hat!"

Schnell verließen Ion und Sinja den Schuhladen.

Erst gegen Abend kehrte Ruhe ein bei den beiden.

Sie saßen in Ions Wohnung und tranken einen Tee.

Mittlerweile ging es Sinja auch wieder gut. Die Wange war zwar noch etwas angeschwollen von den Schlägen, aber das würde schon morgen Geschichte sein, wusste sie. Schließlich war das nicht das erste Mal, dass ihre Stiefmutter sie geschlagen hatte. Sie war jetzt auch viel ruhiger geworden, auch wenn sie nicht wusste, wie es nun weiter gehen sollte. Immerhin saß sie bei einem fast Fremden auf dem Sofa, dem sie zudem auch noch einen Haufen Geld schuldete. Wie sie das bezahlen sollte, war ihn nicht klar, denn sie bekam von ihrer Stiefmutter Geld für das Saubermachen des Ladens, den sie jetzt nicht mehr betreten konnte oder wollte. Dass sie außerdem bei ihrer Stiefmutter wohnte, machte die Sache auch nicht besser.

Sinja seufzte.

„Alles okay?“, wollte Ion alarmiert wissen.

Sie nickte. „Hör mal, Nicolas, ich möchte mich nochmal bedanken...“

Ion unterbrach sie lachend. „Nicolae ist mein Vater. Ich heiße Ion. Aber bedanken brauchst du dich nicht. Was ich getan habe, war selbstverständlich. Jeder andere hätte so gehandelt.“

Sinja war etwas rot geworden. „Nein, bestimmt nicht.“

Er widersprach ihr diesmal nicht. Vielleicht hätte es nicht jeder gemacht, ja, aber bestimmt jeder mit einem Herzen.

Während der Zeit, die sie jetzt miteinander verbracht hatten, hatte sich Ion ein Bild ihrer persönlichen Situation machen können. Es war für ihn einfach unfassbar gewesen, was sich Sinja hatte gefallen lassen müssen, weil sie finanziell abhängig von ihrer Stiefmutter gewesen war.

Wie sollte es jetzt weiter gehen?

Sein Plan, hier in Deutschland eine Einheimische zu heiraten, um das Studium weit entfernt von seinem Vater zu beenden, kam ihm angesichts Sinjas Problemen plötzlich klein und unbedeutend vor. Aber sie gefiel ihm und er wollte sie nicht verlieren.

„Mach dir keine Sorgen“, sagte er ernsthaft und goss sich einen guten Schuss Rum in den Tee. „Du kannst hier wohnen, bis ich zurück in mein Land muss. Auch danach, ich kann dir die Wohnung überlassen.“

Mit großen Augen sah sich Sinja in der exquisiten

Eigentumswohnung um, die Ion bewohnte. Hier kostete die gesamte Einrichtung mehr als sie jemals verdient hatte. „Das kann ich mir kaum leisten", hauchte sie.

„Das musst du nicht bezahlen." Ion trank einen großen Schluck. „Keine Sorge, ich habe das Geld dafür übrig."

„Aber das kann ich nicht annehmen", protestierte sie. „Ich kann mir doch nicht alles von dir bezahlen lassen."

„Wieso nicht?"

„Das schickt sich nicht!" Sinja sah ihn mit großen Augen an.

„Es schickt sich auch nicht, sich von der Stiefmutter schlagen zu lassen", entgegnete er müde und trank wieder einen großen Schluck Tee.

„Und was ich ursprünglich vorhatte, schickt sich auch nicht", sagte er leise. „Eigentlich wollte ich eine Frau heiraten, damit ich nicht nach diesem Semester nach Hause zurückkehren muss und mein Studium hier beenden kann. Aber ich erkenne gerade, dass das weder der Frau, noch meinem Vater gegenüber fair ist."

Sinja schwieg und beobachtete ihn.

„Mein Vater will immer alles bestimmen", erklärte Ion weiter. „Und ich war so froh, hier studieren zu können, ohne unter seiner Fuchtel zu stehen. Dummerweise läuft das Auslandssemester aus."

„Und kannst du nicht verlängern?", wollte sie wissen.

„Doch", gab er zu. „Aber dann müsste ich meinem Vater Rede und Antwort stehen."

Sie lächelte. „Ach, und das müsstest du nicht, wenn du jemanden heiratest?"

Ion griff sich an den Kopf, als er verstand, und stöhnte. „Das war ein total bescheuerter Plan!"

Sinja erhob sich, griff nach seinem Handy, das auf dem Glastisch vor ihnen lag und drückte es Ion in die Hand. „Ruf deinen Vater an, erkläre ihm, du willst noch weiter hier studieren und sag ihm, du brauchst die Unabhängigkeit, um zu wachsen. Dein Vater wird nicht immer den kleinen Sohn in dir sehen, er will einen gleichwertigen Gegenüber, deshalb wird er dich verstehen."

Verwundert sah Ion sie an, dann nickte er und wählte die Nummer.

Ein Jahr später.

„Und Sie haben wirklich diese wunderbaren Schuhe designt?" Die blonde Frau mit dem warmherzigen Lächeln sah Sinja an und drückte ihre Hand. „Sie haben ein unglaubliches Talent. Ich bin froh, dass mein Sohn Sie gefunden hat!"

Ion legte seinen Arm um Sinjas Schulter und lächelte seine Eltern an. „Wir haben uns quasi beide gefunden."

Nicolae Duca nickte beiden zu, sah dann Sinja ernsthaft an. „Und haben Sie noch Schwierigkeiten mit Ihrer Stiefmutter?", wollte er mitfühlend wissen.

Sinja schüttelte den Kopf. „Im Augenblick nicht. Zwar taucht sie ab und zu auf und möchte Geld von mir, aber Ion ist da immer gleich zur Stelle, um das zu unterbinden."

„Ganz schrecklich, was Sie da mit ihr durchgemacht haben müssen", ließ sich Ions Mutter vernehmen. „Umso schöner, dass es Ihnen jetzt an der Seite meines Sohnes gut geht. Wir freuen uns für Sie beide, Sinja!"

Ion legte den Arm um seine Angebetete. „Dann sollten wir einen Schritt weiter gehen."

Er führte seine Eltern zum Wohnzimmer, bot ihnen einen Platz an und blickte sie ernst an. „Nachdem Sinja diese Superchance als Schuhdesignerin bekommen hat und wir so viel Zeit miteinander verbracht haben..." Er stockte und warf ihr einen warmen Blick zu. „Ich mache es kurz: wir möchten heiraten!"

Er streckte die Hände vor, um seine Eltern zu unterbrechen, die reagieren wollten.

„Ich werde in ein paar Wochen das Studium beendet haben, dann werde ich wieder zurück nach Hause kommen und dir, Vater, bei den Geschäften helfen, wie ich es versprochen habe. Aber vorher werden wir heiraten. Sinja kann arbeiten, wo sie will, deshalb kommt sie gerne mit."

Sinja legte ihre Hand in seine und nickte. „Ich lerne Ihre

Sprache bereits fleißig und freue mich auf die neue Chance!"

Die Eltern sprangen auf und umarmten Ion und Sinja, Ions Mutter drückte sie herzlich. „Bitte lasst uns die Hochzeit ausrichten, Kinder! Das würde uns glücklich machen!"

Und auch Ions Vater bestätigte das.

Doch Ion erschrak, als er in Sinjas Augen sah. „Warum weinst du, Schatz?"

„Das sind Freudentränen", meinte diese.

Und zugegebenermaßen hatte auch Anita Duca, Ions Mutter, Freudentränen in den Augen.

„Es bedarf nur einer kleinen Chance, dass aus einem Aschenputtel eine Prinzessin wird", erkannte sie und drückte ihre neue Schwiegertochter innig.

Nachbemerkungen
der Autorin

Ich liebe Märchen, ich habe sie schon in der Kindheit geliebt. Und ich habe es geliebt, meinen Nichten und Neffen Märchen vorzulesen.

Irgendwann ist daraus der Wunsch geboren, Märchen in einem neuen Licht darzustellen. Und so ist jede Kurzgeschichte in diesem Buch an ein Märchen oder eine Sage (Das Erbstück) angelehnt.

Ohne die Hilfe von Freunden und Freundinnen wäre es allerdings nie etwas geworden, so dass ich mich hier bei allen bedanken will.

Danke Zoé, Anja, Ellie, Britta und Frank!

Ich weiß, ich kann immer auf euch zählen!

Weiterhin hoffe ich, allen Lesern hat es gefallen. Wenn ja, bitte ich um eine Weiterempfehlung, wenn nicht, breitet den Mantel des Schweigens darüber.

Für persönliche Kontakte stelle ich mich gern zur Verfügung. Die E-Mail-Adresse lautet:

die.eule@online.de

Ich freue mich auf nette Konversationen.

Bis dahin wünsche ich allen eine gute Zeit!

Medea Calovini